AF220508

AMBROSIUS

DER WEISE MANN VOM ALATSEE

A

Der Zauberstab ist Dir gegeben
Du musst ihn nur zu gebrauchen wissen

JÜRGEN WOLF

AMBROSIUS

DER WEISE MANN VOM ALATSEE

Ungewöhnliches Treffen an einem Kraftort

Bibliografische Information der
Deutschen Nationalbibliografie;
detaillierte bibliografische Daten sind im Internet
über http://dnb.dnb.de abrufbar.
© 2022 Jürgen Wolf
Herstellung und Verlag: BoD – Books on Demand,
Norderstedt

ISBN   978-375-431-1691

Inhaltsverzeichnis

Wer an Magie glaubt, wird sie auch finden

- Jürgen Wolf -

VORWORT

Oft ist es so, dass sogenannte Persönlichkeitsbücher, also Bücher, die den persönlichen Erfolg garantieren möchten, bis an den Rand gefüllt sind mit guten Ratschlägen, Tipps oder gut gemeinten Beispielen. Die Ratschläge sind aber meist so gehalten, dass man solch ein Buch ohne weiteres weiterlesen kann, auch wenn man ihnen nicht folgt. Der Autor dieses Buches beabsichtigt dagegen, den Leser wirklich in seinen Bann zu ziehen, da er sich vorgenommen hat, mit ihm gemeinsam – sofern er es wirklich will – seinen eigenen Lebensplan zu schmieden.

Wie der stille See seinen dunklen Grund

in der tiefen Quelle hat,

so hat die Liebe eines Menschen ihren

rätselhaften Grund in Gottes Licht

- Soeren Kiergegaard -

VORBEREITUNG

Damit dieses Buch seine ganze Wirkung entfalten kann, sind einige Verabredungen zu treffen. Halte Dich bitte sehr genau daran – die Wirksamkeit ist vielfach erprobt.

- Nutze die Möglichkeit, Deine Gedanken in den Bereich Notizen gleich einzutragen

- Lies das Buch nicht erst einmal durch, auch wenn Du neugierig sein solltest.

- Nimm Dir Zeit und Ruhe für die Aufgaben und Gedanken, welche Dir daraus entstehen.

- Schick Dein Ratio einfach mal für ein paar Stunden in Urlaub

Das Buch trägt den Titel *Der weise Mann vom Alatsee. Ungewöhnliches Treffen an einem Kraftort*. Überlege Dir daher einmal, wieso Du dieses Buch gekauft hast. Vielleicht hast Du es auch geschenkt bekommen, aber aus einem bestimmten oder unbewussten Anlass nutzt Du diesen Begleiter für eine spannende Reise zu Dir selbst. Auf den ersten Blick mag es Dir vielleicht merkwürdig vorkommen, die Bekanntschaft mit einer fiktiven Figur wie Ambrosius zu machen. Er soll als Metapher für Dich wie ein Coach zur Seite stehen. Er ist Dir behilflich, Antworten auf Fragen zu finden, welche Dir einen neuen Blickwinkel auf Dein Leben geben können. Neue Blickwinkel bewirken immer auch neue Perspektiven. Und wenn Du Dich nicht am Alatsee befinden solltest, kannst Du die Reise mit Ambrosius auch an einem Kraftort Deiner Wahl unternehmen. Richte Dir Deine Stationen der Weisheiten dort selbst ein.

In jedem Menschen steckt mehr Kraft

als er willens ist einzusetzen

- Emil Oesch -

Kraftorte

Der Untertitel dieses Buches „Ungewöhnliches Treffen an einem Kraftort" ist kein Zufall, denn der Alatsee ist ein Kraftort. Doch was genau ist ein Kraftort?

Es ist ein Ort an dem man sich wohl fühlt, ein Ort wo man etwas erfahren kann, ein Ort der über Einem hinausgeht. Diesen Plätzen wird meist eine positive psychische Wirkung im Sinne einer Beruhigung, Stärkung oder Bewusstseinserweiterung zugeschrieben. Als Kraftorte werden oft Plätze bezeichnet, die schon von unseren Vorfahren als rituelle Stätte benutzt wurden. Oft sind das alte Kultstätten, religiöse Orte oder auch historische Klöster und Kirchen. Auch Grabstätten, Schlösser und Burgen, sowie uralte machtvolle Bäume, heilende Quellen, geheimnisvolle Höhlen, mystische und magische Seen, oder Berge. Alle diese Orte haben eine eigene Ausstrahlung. Dies bemerkten schon die Druiden und Schamanen. Sie nutzten diese Orte für Einweihungen und Rituale. Du hast sicher schon mal die besonderen Energien in und um Kirchen erfahren. Diese wurden absichtlich auf besonders starke Kraftorte gebaut.

Es gibt vier Arten von natürlichen Kraftorten:

Wasser: Seen und Quellen

Erde: Steine Höhlen und Felsformationen

Luft: Hügel, Grate (Gebirge) und Gipfel

Feuer: Alte markante Bäume und Wälder

Überall in Deutschland gibt es Orte mit Energiefeldern, die auch als spirituell bezeichnet werden. Sie können Negatives von Dir wegnehmen und Positives freisetzen.

Kraftorte sind überall zu finden.
Es sind ganz einfach Orte,
an denen Du Dich rundherum wohlfühlst.

Du kennst sicher das Gefühl, Du bist an einem bestimmten Platz und irgendwie löst dieser Ort eine besonders starke Emotion auf Dich aus. Es kann ein schönes, wohltuendes Gefühl wie Freude, Harmonie oder einfach nur eine tiefe Entspannung sein. Es kann auch ein sehr starkes Gefühl der Verbundenheit mit der Natur sein. Der Alltag, oder Dinge die uns vermeintlich wichtig erscheinen, treten plötzlich in den Hintergrund. Du empfindest die Schönheit der Natur und spürst Ehrfurcht, Respekt und Staunen. Du empfängst dieses Gefühl mit Deiner Seele und dem Herzen.

Die Welt in unserer heutigen Zeit befindet sich in einem starken Umbruch. Man hat das Gefühl, dass das Materielle, die sozialen Medien, die wachsende Digitalisierung uns immer mehr Luft wegnimmt. Menschlichkeit rückt in den Hintergrund. Nimm die Welt und die Energien der Kraftorte wahr. Nicht nur für ein paar Minuten. Ich mache mir immer wieder Gedanken über Menschen, die gerne erzählen, dass sie heute an einem Kraftort waren. Sie berichten ganz stolz, dass sie dort auch Energien gespürt haben. Doch nach ein paar Minuten hetzen sie zur nächsten Sehenswürdigkeit. Was haben sie also von dem Kraftort mitgenommen?

Genau deshalb gibt es Magier, Zauberer, imaginäre Wesen oder Personen wie Ambrosius. Ihm kannst Du hier begegnen. Sichtbar oder unsichtbar. Und wenn Du nicht hier am Alatsee sein kannst, ist es für dich jederzeit möglich, diesem Ambrosius an einem Kraftort in deiner Nähe zu begegnen. Du brauchst nur ein bisschen Fantasie dafür.

Verweilst Du länger an einem Kraftort, wirst du bemerken, wie du wieder in Einklang mit Deinen Kräften und Werten kommst, wie Deine inneren Ressourcen aktiviert werden. Du erfährst, wie sich Frieden und Weisheit in Dir einstellen und lernst Dich neu kennen.

Es bleibt einem jeden immer noch

soviel Kraft, das auszuführen

wovon er überzeugt ist

- Johann Wolfgang von Goethe -

AMBROSIUS

Dies ist die Geschichte von Ambrosius und Valentin, einem Besucher vom Alatsee im Allgäu. Ambrosius ist im Grunde eine fiktive Person. Besucher des Sees, die ihm begegnet sind, bezeichnen ihn allerdings auch als einen weisen Mann. Und da fangen die Merkwürdigkeiten auch schon an. Ambrosius ist so gut wie immer am See, doch viele können ihn nicht sehen. Er entscheidet, wem und wann er sich zu erkennen gibt. Es kann durchaus sein, dass Du Dich auf einer Bank ausruhst und plötzlich sitzt er direkt neben Dir. Menschen, die ihn getroffen haben behaupten, er könne mit Tieren und Bäumen reden. Man erkennt ihn an seinem weißen Vollbart und den dunklen langen Haaren. Sehr markant ist seine alte Pfeife aus Haselnussholz. Sein Aussehen ist einzuschätzen zwischen sechzig und siebzig Jahren, in Erdenzeit gemessen. Was ich aber sagen kann, er ist sehr viel älter. Sein Name kommt aus dem griechischen und steht für *Der Unsterbliche*. Dies hat er mir erzählt, denn bei meinem Besuch am Alatsee habe auch ich ihn getroffen, doch davon später mehr. Wir können sein Alter daran erkennen, wie er seine Mimik einsetzt. Wenn er lustige und verschmitzte Antworten gibt, sieht er jünger aus. Geht es um Antworten auf tiefgründige Fragen der Besucher, kann man in seinem Gesicht Jahre voller Lebensweisheit erkennen. Dann strahlt seine Aura ein Wissen aus dem Universum aus, welche jeden verzaubert, der mit ihm in Kontakt kommt. Viele bemerken gar nicht, dass Ambrosius – Ambrosius ist. Sie gehen davon aus, dass sich ein Wanderer auf einer Bank etwas ausruht oder einfach nur am Wegesrand steht und sich die Natur anschaut. Ambrosius selbst entscheidet, wer seinen Zauber zu spüren bekommt. Er hat die Gabe schnell zu erkennen, wenn sich Menschen im Leben verrannt haben und nach Lösungen suchen. Diese Gabe hat er schon seit seiner Geburt. Er kann die Energien von Menschen sehr schnell wahrnehmen. Wo er herkommt und wie seine Geschichte ist, weiß niemand.

DER ALATSEE

Es ist kein Zufall, dass sich Ambrosius an diesem Ort aufhält. Der See ist voller Mythen und Sagen. Wanderer, Spaziergänger und Besucher spüren immer wieder den Zauber und die ganz speziellen Energien, welche vom See ausgehen. Oft kann man gar nicht anders, als länger dort zu verweilen und sich einfach am Ufer ins Gras legen. Der See ist ungefähr 6 Kilometer vom schönen Füssen im Allgäu entfernt. Er liegt auf 868 Metern Höhe in einer schluchtartigen Senke, nur etwa 80 Meter nördlich des Falkensteinkamms mit der Grenze zu Österreich. 490 Meter ist er lang und bis 290 Meter breit.

Weshalb Menschen die Landschaft dort so fasziniert, lässt sich unschwer erkennen: Spiegelglatt und Dunkeltürkis liegt er da, der Alatsee. Umgeben von seltsam verkrümmten Bäumen und Wäldern, durch die auch an Sommertagen die Sonne kaum durchdringt. Esoteriker vermuten, das starke Kraftlinien verantwortlich sind für den ungewöhnlichen Wuchs der Bäume. Es sollen starke Windströmungen sein – oder vielleicht doch nicht? Das sind Vermutungen, doch der See hat seine Geschichten, Mythen und Sagen.

Uralte Sagen erzählen von mystischen Fabelwesen, die dort in den Berghängen hausen. Vom Salobergeist der dort herum geistern soll und der Schlüsselmönch von Faulenbach. Ebenso sollen Zwerge dort ihr Unwesen treiben und Menschen Gold versprechen.

Der Vogt von St. Mang

Man erzählt sich, das der Vogt von St. Mang in Füssen einst für sein Kloster das Fischrecht im Alatsee von einer armen Frau gepachtet hat. Nach einiger Zeit behauptete er, das Fischrecht würde dem Kloster von alters her gehören und wäre dessen Eigentum. Die arme Frau, die sich betrogen fühlte, klagte zwar vor Gericht, aber der Vogt, der sehr gut reden konnte, gewann den Prozess. So war das alte Weiblein auf diese Art und Weise um ihr Hab und Gut gekommen. Sie fiel händeringend am Seeufer vor einem Kreuz nieder. Sie schwor Gott und allen Heiligen, sich nie mehr von diesem Platz zu rühren, bis sie vom Himmel ein Zeichen über das ungerechte Urteil bekommen würde. Auf der anderen Uferseite erhob sich ein Donnern und Krachen und ein gewaltiger Erdrutsch riss tausende Tannen in die Tiefe des Sees. Man sagt, dass Unrecht der Frau soll jetzt vom Kloster wieder gutgemacht werden. Mönche hätten die arme Frau bis an ihr Lebensende versorgt. Ihren Söhnen, welche aus der Ferne zurückkehrten, wurde eine Abfindung gezahlt. Doch die Bosheit der Frevler rächte sich. Das Kloster hatte an dem See keine Freude mehr. Alle Fischernetze verfingen sich in den Wipfeln der auf dem Seegrund liegenden Tannen. Auch Fischer mit ihren Booten kamen immer wieder zu Schaden. Das ist bis auf den heutigen Tag so geblieben.

Die drei Fräulein

Eine weitere Sage beschäftigt sich mit den drei Fräulein.
Diese waren die Herrinnen des gesegneten Landes um den Aggenstein (Der Aggenstein ist ein 1986 m hoher Berg in den Allgäuer Alpen an der Grenze von Deutschland und Österreich)

Solange Sie gut miteinander auskamen war alles gut. Eines Tages hatten die drei Schwestern einen Streit. Jede wollte Ihren Teil am Besitz. Um die Mittagszeit standen sie auf einer Plattform der Burgmauer und blickten über den Gottesgarten. »Mir die Burg und das Land gen Mittag« sprach die Älteste. Die Jüngste rief daraufhin »Das will ich für mich«. Die mittlere verwünschte ihre Schwestern mit dem Fluch »Das euch doch die Erde mitsamt dem Grund verschlänge«.

Ein fürchterlicher Donnerschlag kam als Antwort. Es sah aus, als neigten sich die Berge über dem Tal zusammen. Ein krachen und Bersten erfüllte die Luft, als ob das Weltende kommen würde. Die Tannen kamen in dichten Reihen den Berg herunter. Felsblöcke sausten gegen das Haus. Tiefe Dunkelheit legte sich über das Land. Aus der Tiefe gurgelten die Wasser in wilden Bächen. Am Abend dieses schlimmen Tages, war ein See entstanden.

Die drei Fräulein hat man noch oft aus dem Seegrund klagen gehört. Auch aus dem Schilf rief am Mittag des Frevels noch eine Zeit eine Stimme »Druje hands g'hött, jeda hauts g'wöllt. Koine hats kiat – schenk du mir die Liab« (Auf Hochdeutsch: Drei haben's gehabt, jede hat's gewollt keine hat es bekommen, schenk mir deine Liebe). Wenn ein junger Mann sich in sie verlieben würde, wäre diejenige erlöst. Wer auch immer den Versuch unternahm, die drei Unseligen zu befreien – es schlug immer fehl. Doch einmal war es, als ob sich die Fräulein selber mit Gewalt Retter holen wollten. Drei Brüder aus dem Rheingau, Gabald, Heribald und Diebald kamen auf der Rückreise vom Heiligen Land am verfluchten See vorbei. Von ihrer langen Reise waren sie müde. Auf einmal spitzen ihre Pferde die Ohren und stürmten auf den See zu, als wollten sie sich samt ihrer Reiter hinein stürzen. Die Kreuzfahrer fassten erschrocken die Zügel und nahmen sie kürzer. Bis sie ihre Pferde wieder in der Gewalt hatten, mussten sie all ihre Kraft aufwenden. Da war es, als wenn ein hoher Klageton aus dem Schilf käme.

(Diese Sage gehört zu den ältesten Sagen in den Alpen)

Am Salober (1293 m hoher Gipfel an der bayerisch-tiroler Grenze bei Pfronten und der Gemeinde Vils) fand einmal ein Bauer oberhalb der Vilser Burg einen Haufen ganz seltsamer Steine. Ein paar davon nahm er mit nach Hause. Als er dort ankam, nahm er die Steine aus seiner Tasche heraus, doch was er fand waren glänzende neue Goldmünzen. Er rannte sofort zum Salober zurück, um noch mehr zu holen. Doch der Steinhaufen war nicht mehr da. Die Sagen, bei denen wertlose Dinge zu Gold werden, sind im gesamten Alpenraum verbreitet.

Diese Fabelwesen und seltsame Kreaturen sind dort beheimatet.

Der Goldschatz der Nazis

1942 sollen die Nazis hier angeblich ein Versuchslabor für geheime Waffen gebaut haben. Sogar der Physiker Wernher von Braun (war als deutscher und später US-amerikanischer Raketeningenieur ein Wegbereiter der Raketenwaffen und Raumfahrt) soll längere Zeit dort gewesen sein.

Nach dem Krieg suchten Amerikaner das Gebiet ab. Man erzählte sich, das 1945 die Nazis Gold im Alatsee versteckt hätten. Es gibt aber keine Beweise dafür. Dennoch wurde der See längere Zeit gesperrt. Keiner durfte den See besuchen, auch Einwohner der anliegenden Gemeinden nicht. Es wurde aber offiziell nichts gefunden. 1950 wurde der See wieder gesperrt. Diesmal suchten amerikanische Taucher den See ab. Der Schatz wurde auch diesmal nicht gefunden. Da sich Taucher zu tief in die Purpurbakterien wagten, kam es zu schlimmen Unfällen, auch mit Todesfolgen. Das Tauchen ist dort bis heute (außer mit Genehmigung) nicht gestattet.

Der blutende See

Das Gewässer wird auch *Blutender See* genannt. An einigen tagen im Jahr schimmert die Oberfläche in einem rötlichen Ton. Manche finden das romantisch, andere eher furchterregend. Bis zu 32 Meter könnte man hinabtauchen, wäre da nicht die giftige rote Schicht in ca. 15 Metern Tiefe. Es handelst sich dabei um Purpur-Schwefelbakterien. In und unterhalb der Schicht befindet sich so gut wie kein Sauerstoff mehr im Wasser. Es kann kein Licht mehr hindurchdringen. Dort leben nur Bakterien.

Der Alatsee ist ein energetischer Ort, den man so schnell nicht nochmal findet.

Und Ambrosius? Gibt es ihn dort wirklich? Natürlich – oder? Es kommt darauf an, ob Du ihn zu Dir lässt, wenn er Verbindung mit Dir aufbauen will.

BEGEGNUNG

Wie ich schon erwähnte, bin auch ich ihm begegnet. Ich befand mich auf dem Weg nördlich des Sees und schaute in die Berge. Plötzlich nahm ich einen Duft wahr, der überhaupt nicht dorthin gehörte. Es roch leicht süßlich nach Vanille und Karamell. Dann bemerkte ich feinen leichten Rauch, der sich direkt neben mir erhob. Einfach so in kurzen Abständen. Jetzt konnte ich eine alte Pfeife erkennen und dann stand ein alter Herr neben mir, der die Pfeife in seiner Hand hielt. Mit Blick auf den See gerichtet, sagte er »Die Zukunft gehört denen, die an die Wahrhaftigkeit ihrer Träume glauben« Ohne seinen Blick vom See abzuwenden fügte er noch hinzu »Die Zukunft hat viele Namen, für Schwache ist sie das Unerreichbare, für die Furchtsamen das Unbekannte, für die Mutigen die Chance«

Ich war sehr irritiert und fragte ihn, ob ich ihn stören würde. Ich wollte sowieso weitergehen. »Nein – du störst nicht, ich bin wegen dir hier«. Ich fühlte jetzt ein leichtes Unbehagen in mir und fragte mich, was er wohl von mir will. »Mach dir keine Sorgen, alles wird gut« sagt er zu mir und richtete seinen Blick auf mich. »Was wird gut?« fragte ich ihn. »Deine Zukunft – sie wird gut werden« war seine Antwort und er schmunzelte dabei. Mich erfüllte eine Energie von Wärme und Vertrauen zu ihm. Genau das war damals mein Thema, ich hatte Angst vor der Zukunft und hatte keine Vorstellung, welcher Weg der richtige für mich sein wird. Wir kamen ins Gespräch und was daraus wurde, veränderte mein Leben nachhaltig. Er stellte mir Fragen, die ich so noch nie gehört habe. Ich solle mich mit einigen kleinen Aufgaben beschäftigen und am nächsten Tag wieder an diesen Ort kommen. Natürlich wollte ich von ihm wissen, ob er hier in der Nähe wohnt und wie alt er ist. Der Alatsee wäre für ihn seine Heimat und gleichzeitig auch Wohnung. Sein Alter würde nichts bedeuten und wäre unwichtig, aber in irdischer Zeit wäre er um die sechzig-siebzig. »Gibt es noch eine andere Zeit als die irdische?« fragte ich ihn verwundert. Er schmunzelte wieder und sagte: »Lass dich einfach überraschen, denn es geht jetzt vor allen Dingen um deine Zeit«

Nach unserem damaligen Treffen veränderte sich die Einstellung über meine Zukunft. Vieles wandelte sich positiv und ich war neugierig, welche Möglichkeiten sich daraus noch ergeben würden. Ich dachte mir, dass es doch schade sei, dass nur die Besucher vom See ihn erreichen können. Als wenn er meine Gedanken damals lesen könnte, sprach er zu mir »Was hältst du davon, wenn du die Aufgaben, die ich dir stellen werde anderen weitergeben würdest? An all die Menschen, die vielleicht nicht hierher kommen werden oder können. Schreib alles nieder, besonders über eine interessante Begegnung mit einer Person die ich hier hatte. Er hieß Valentin und war hier zum Wandern. Auch bei ihm bemerkte ich, dass er etwas zu lösen hatte«.

Ich fand seine Idee wunderbar. So könnten viele Menschen Ambrosius und den Alatsee in Ihrer Wohnung oder Umgebung haben. Ich war einverstanden und wir trafen uns öfter, damit ich die Geschichte von ihm und Valentin niederschreiben konnte. Nochmals vielen Dank Ambrosius – ich gebe es weiter.

VALENTIN

Ambrosius nannte Valentin einen *Segler ohne Hafen*. Er meinte, dass Valentin sich immer auf einer Reise befindet und nicht zur Ruhe kommt. Ständig wäre er auf der Suche und übersieht in seiner Hektik alle möglichen Zeichen die ihm gegeben werden. Ist er in einem „Hafen" angekommen, denkt er schon wieder an den nächsten. Kaum, das er sich dort akklimatisiert hat, lässt er sein Boot schon wieder ins Wasser. Und genau auf dieser Ebene nahm Ambrosius mit ihm Verbindung am Alatsee auf. Doch der Reihe nach.

Valentin war 45 Jahre alt, verheiratet, hatte 2 Kinder und war selbständiger Vertreter für alles Mögliche. Seine Heimat befindet sich in einer Kleinstadt in der Nähe von Frankfurt am Main. In seiner Tätigkeit als Handelsvertreter wechselte er öfter seine Angebote, denn sobald er Schwierigkeiten hatte sie zu verkaufen, konzentrierte er sich auf ein neues Produkt oder eine andere Dienstleistung. Das belastete ihn sehr und er fühlte sich schlapp und ausgelaugt. Einmal im Jahr machte er für sich eine Art Klausur. Er nahm seinen alten VW Bus, den er zu einem Camper umgebaut hatte und fuhr einige Tage alleine an einen schönen Ort, bevorzugt in Deutschland. In dieser Zeit wollte er herausfinden, was im letzten Jahr gut und was weniger gut gelaufen war. Dann arbeitete er die Konsequenzen heraus und stellte sich eine To-Do-Liste auf. Die hielt allerdings nicht lange, denn nach ca. drei bis vier Monaten hatte er schon wieder neue Produkte geordert. Manchmal war ihm nicht richtig bewusst, ob seine Tätigkeit eigentlich das ist, was er wirklich wollte. Valentin hat schon viele Bücher über Ziele, Persönlichkeit und Motivation gelesen. Natürlich gab es auch erfolgreiche Momente in seinem Leben, aber in seine Mitte kam er nie. Es war also wieder an der Zeit, für ein paar Tage auszusteigen. Diesmal sollte es ins Allgäu gehen, dort war er bisher noch nicht gewesen. Er buchte für sich und seinen Camper einen der schönen Campingplätze rund um den Raum Füssen. Kaum war er angekommen und hatte sich eingerichtet, lagen auch schon seine Bücher, die er immer für diese Gelegenheiten dabei hatte und ein Schreibblock auf dem Tisch. Die Zeit wollte er nutzen und gleich anfangen mit seiner Rück- und Vorausschau. Doch diesmal war etwas anders. Schon nach zwei Stunden bemerkte er, dass er sich nicht darauf einlassen konnte. Es gingen ihm einfach zu viel Gedanken durch den Kopf. Das ist zwar fast immer so bei seinen Klausuren, doch diesmal machten sie ihn regelrecht fertig. Vielleicht sollte er erst mal alles liegen lassen und spazieren oder wandern gehen. Sport war nie so sein Ding gewesen, obwohl er das Thema immer wieder auf seiner To-Do-Liste hatte. Dann gibt es ja noch das Schloss Neuschwanstein, dass könnte er doch gleich am Anfang seines Urlaubs besuchen. Doch eigentlich war er deswegen nicht hier. Er hatte das Gefühl an einen Ort zu gehen, an dem zu dieser Zeit wenig Touristen waren, um positive Energien aufnehmen zu können. Valentin ist ein sehr gewissenhafter Typ, also bereitet er sich auch auf die Umgebung seiner Ziele vor. Landkarten, Touristenführer usw. In der Nähe seines Campingplatzes sollte sich ein geheimnisvoller See befinden. *Warum nicht* – dachte er bei sich und so fuhr er an dieses Gewässer. Die Strecke führte durch einen Wald und war gut befahrbar. Gut, dass er nicht zu Fuß gegangen ist, denn der Weg führte bergauf. *Vielleicht sollte ich Sport nicht mehr auf meine To-Do-Liste setzen, sondern es einfach machen,* dachte er sich. Am See angekommen stellte er seinen Camper auf einen Parkplatz ab. Der erste Eindruck war gigantisch. Er hatte ja schon einige Seen gesehen. Der Forggensee bei Füssen hatte ihn schon begeistert, doch hier spürte er sofort Ruhe in sich einkehren. Vom Parkplatz gabelte sich der Weg in zwei

Richtungen. Das türkis-grüne Wasser schimmerte durch die Bäume. Berge spiegelten sich auf der Wasseroberfläche und dichte Bäume umrahmen den in einem Talkessel gelegenen See. Er entschied sich rechts herum zu gehen. Nach wenigen Metern glaubte er Musik zu hören. Er blieb länger stehen und nahm eine Panflöte wahr. Es war niemand zu sehen, der sie spielte, doch die Klänge waren über den ganzen See zu hören. So etwas hatte er noch nie erlebt und seine Schritte wurden langsamer. Auch das hatte er so noch nicht empfunden, langsamer zu gehen und dabei noch zu genießen. Normalerweise würde er gleich den ganzen See ablaufen, doch war hier einiges anders, mysteriöses. Auf seinem Weg kam er an eine dreieckige Wiese direkt am See. Einige Bänke sind aufgestellt und er hatte das Bedürfnis, sich auf diese Wiese zu legen und die Energie des Kraftfeldes aufzunehmen, welches er momentan intensiv spürte.

Man kann dem Menschen nichts beibringen.

Man kann ihnen nur helfen,

es in sich selbst zu entdecken

- Galileo Galilei -

DER WEG DER MÖGLICHKEITEN

Valentin saß im Gras direkt am Ufer. Ambrosius setzte sich zu ihm und fragte, ob er bereit sei, jetzt eine Runde um den See zu gehen. Allerdings anders, als er sich das vorstellte. »Du betrittst einen Weg der Möglichkeiten«, sagte er schmunzelnd zu Valentin. »Wenn Du diesen Weg gehen möchtest, gibt es aber ein paar Bedingungen, an die du dich halten solltest«. In Valentin machte sich Neugierde breit und er war sehr gespannt auf das Erlebnis, dass jetzt vor ihm lag. Doch hatte er einen Einwand »Ich bin kein Freund von Bedingungen und Regeln, lieber Ambrosius. Ich habe das Gefühl, dass mich solche Dinge einengen und mir Grenzen setzen«. Ambrosius kannte diese Einwände und er beruhigte Valentin. »Bedingungen und Regeln haben viel Positives. Sie beschützen dich vor Gefahren, wie Ablenkungen von Deiner Aufgabe. Sie sind eine Art Leitplanke, wie man in der heutigen Zeit sagt. Leitplanken auf Deiner Lebensstraße. Deine Straße, oder besser gesagt, dein Weg sollte immer breit genug sein für alle Möglichkeiten, welche dir das Leben zur Verfügung stellt. Sie helfen Dir, auf deinem Weg zu bleiben und lassen nicht zu, dass du von Situationen, Angeboten oder Ereignissen abgelenkt wirst, welche dich von deiner Bestimmung weg lotsen wollen. Denn das wird geschehen lieber Valentin. Sobald du einen neuen Weg gehen möchtest, kommen sehr viele *Ablenker* in dein Leben«.

Das konnte Valentin akzeptieren, denn es ist ihm schon sehr oft im Leben widerfahren, dass er immer wieder in Versuchung geführt wurde, eine Aufgabe nicht zu Ende zu bringen. »Ich bin einverstanden, bitte sag mir die Bedingungen«. Ambrosius übergab ihm ein kleines Buch, mit diesen Regeln, welche er sich genau anschauen sollte.

Sieben Bedingungen
für den Weg der Möglichkeiten

1. Übernimm die Verantwortung dafür,
dass du da bist, wo du jetzt bist

2. Schreibe nieder, was du denkst
(Nutze dieses Büchlein)

3. Bringe deine Gedanken in
Übereinstimmung mit deinen Zielen

4. Nimm dir Zeit für dich selbst
(Schaue nicht auf die Uhr)

5. Lass dir Zeit für deine Gedanken

6. Bereinige und kläre all diejenigen Erinnerungen
deiner Vergangenheit, die nicht mit dem
übereinstimmen, was du willst

7. Mache alles, was du hier tust hundertprozentig
(Bringe 100 Prozent)

»Wenn du damit einverstanden bist, übergebe ich dir ein kleines Büchlein, indem du deine Antworten auf ungewöhnliche Aufgaben und Fragen eintragen kannst. Ich werde dich auf deinem Weg der Möglichkeiten begleiten. Du wirst mich aber nur sehen können, wenn ich es für wichtig halte. Ich hatte in meinem Leben viele Kontakte zu sehr kreativen Persönlichkeiten: Paul Gauguin, ein französischer Maler begegnete mir an Ende des neunzehnten Jahrhunderts. Ich sprach mit ihm über die Art und Weise, wie er zu den Themen seiner Bilder kommen würde. Er sagte mir, dass er seine Augen schließt, um zu sehen. Also Valentin, willst du mit mir Kontakt aufnehmen, dann schließe deine Augen um mich zu sehen. Und da wir gerade dabei sind, möchte ich dir noch ein kleines Geheimnis verraten: Du kannst mich immer sehen, wenn du willst, schließe einfach deine Augen«.

Ich schließe meine Augen um zu sehen

- Paul Gauguin -

Station 1

Das Versprechen

Valentin saß mit Ambrosius noch immer im Gras am Ufer.

»Jeder Mensch trägt Erinnerungen in sich, jeden Menschen prägt eine Vergangenheit«, erklärte Ambrosius. »Die Erinnerung daran und die Erfahrungen aus denen man gelernt hat, sind bedeutsam und wichtig. Deshalb ist die Vergangenheit mit all ihren Herausforderungen immer in dir. Nicht nur dir Valentin, sondern allen Menschen prägt ihre Vergangenheit. Ich habe viele Leute kennengelernt, die nichts aus ihrer Vergangenheit gelernt haben, sondern ständig an ihr festhielten. Diese Menschen definieren sich selbst über ihre Vergangenheit und in ihrer Gegenwart füllen sie ihre Vergangenheit ständig mit Geschichten, die ihnen nicht gut tun. Kennst du auch solche Menschen Valentin?«

Valentin musste nicht lange nachdenken um Personen zu finden, auf denen dies zutreffen könnte. Er setzte sich gleich an die erste Stelle.

Ambrosius sprach weiter »Die meisten Menschen sind behaftet und belastet von Geschichten, die sie erlebt haben. Sie ziehen ihren ganzen Wert aus der Vergangenheit und spiegeln immer wieder, was ihnen widerfahren ist und wie sehr sie das Geschehene prägte. Sie denken, dass jede ähnliche Situation genau so verlaufen würde, wie die, sie sie bereits negativ durchlebten.

Und genau dann wird die Vergangenheit zum Problem. Diese Menschen sind dazu verdammt, ihre Geschichten immer wieder zu erleben, weil sie inzwischen zu einem festen Glaubensmuster geworden sind. Und so machen sie sich nicht nur die Gegenwart, sondern auch die Zukunft kaputt. Wieso ist das so, dass viele Menschen so an ihrer Vergangenheit hängen und von alten Geschichten nicht loslassen wollen? Ich möchte dir eine kleine Geschichte erzählen, die ich selbst erlebt habe. Es ist noch gar nicht lang her.

Ich war mit einem Mönch auf Wanderschaft, als wir an einen Fluss kamen. Am Flussufer stand ein junges, hübsches Mädchen in kurzen Kleidern, das verzweifelt nach einem Weg suchte. Da der Fluss nicht sehr tief und weit und breit keine Brücke zu sehen war, nahm der Mönch das Mädchen auf die Arme und trug es über den Fluss. Er setzte es am anderen Ufer trocken ab und ging weiter seines Weges. Nachdem wir ein Stück außer Hörweite waren, fragte ich den Mönch, wie er es wagen konnte, einer Frau, noch dazu einer so hübschen und knapp bekleideten so nah zu kommen, sie anzufassen – sie sogar zu tragen. Würden das seine Mönchsregeln nicht strengstens verbieten? Er war fassungslos und kritisierte ausgiebig in einem Monolog mein Verhalten. Eine geraume Zeit später wandte er sich zu mir und antwortete in ruhigen Ton: *Ich habe die junge Frau am Flussufer abgesetzt und dort gelassen. Du trägst sie immer noch mit dir herum.*

Was sagt dir diese Geschichte, lieber Valentin?« Valentin kam ins Grübeln, fand aber keine Antwort darauf. »Alles was wir unverarbeitet lassen, lässt uns nicht los« erzählte Ambrosius weiter. »Ich möchte dir das an einem Beispiel aus deinen Leben erklären. Stell dir vor, du hast eine schlechte Erfahrung in einer vergangenen Beziehung machen müssen, woran sie dann letztendlich zerbrach. Das Thema, die Herausforderung oder auch Problem genannt, wurde nicht gelöst und ihr habt euch getrennt. Natürlich hatte das dann einen bleibenden Schmerz zur Folge. Eine negative Erinnerung, die sich dir eingeprägt hat. Du verbindest dieses Erlebnis mit dir. Es gehört zu dir und du bist natürlich damit belastet. Irgendwann ergibt eine neue Beziehung, in welche du mit Vorsicht gehst. Vielleicht mit Ängsten, Zweifeln und Skepsis. Wieso? Weil du die Geschichte von damals, die dich geprägt hat, in deine Gegenwart mit nimmst. Sie wird ein Teil einer neuen Geschichte, obwohl sie Vergangenheit ist und obwohl ein ganz anderer Mensch bei dir ist.

Du trägst deine Geschichte, so wie ich damals mit dem Mönch, immer noch mit dir herum und kannst nicht loslassen. Dann sprichst und denkst du dauernd von der Vergangenheit. Du befürchtest unbewusst, dass alles wieder so passieren könnte. Neue Dinge haben es dadurch für dich schwer und du gibst ihnen nicht die Möglichkeit anders zu sein, weil du zu sehr an dem festhältst, was dir widerfahren ist. Wenn dir jetzt klar ist, dass deine *Altlasten* durch ein unverarbeitetes Problem entstehen, kläre was du negativ erlebt hast.

Du kannst dich nur von negativen Energien der Vergangenheit lösen, wenn dein Denken nicht davon beeinflusst wird. Lieber Valentin, nichts was gewesen ist, spielt hier und jetzt eine Rolle. Lass die Vergangenheit los. Es spielt nur eine Rolle, wie du aus vergangenen negativen Erfahrungen hervorgegangen bist. Es spielt nur eine Rolle, was du aus Fehlern gelernt hast. Es spielt nur eine Rolle, welche Erkenntnisse du dazugewonnen hast.

Wie der Mönch am Fluss, der mit dem Absetzen des Mädchens die Geschichte hinter sich gelassen hat. Nur die Erkenntnisse zählen, nicht das Negative, dass du erlebt hast. Das negative Erlebnis ist eine alte Geschichte, von der du vergessen solltest, dass du sie bereits erlebt hast. Entferne sie Valentin, dann bist du frei. Nimm an dieser Stelle die Energie auf, offen zu sein, was in deinem Leben noch vor dir liegt und möglich ist. Versprich es dir – HIER und JETZT«

Valentin war inzwischen so tief in Gedanken, dass er nicht bemerkte dass Ambrosius nicht mehr da war. Er lies sich Zeit und Ruhe, Ambrosius Worte aufzunehmen. Ihm fielen einige Situationen seines Lebens ein und er musste feststellen, dass ihn schon allein die Gedanken daran negativ beeinflussten. Innerlich schrie er *Nein – ich bin nicht meine Vergangenheit, ab sofort nicht mehr.* Er stellte sich weiter vorn an das Ufer und spürte, wie eine neue wundersame Kraft in ihm aufstieg. Er rief laut über den See »Ich bin meine Zukunft, das verspreche ich HIER und JETZT«

Station 2

Perspektiven und die Seele

Valentin nahm sein Büchlein, stand auf und sah eine ungewöhnliche Bank, welche etwas erhöht auf einer Wiese direkt hinter dem Ufer stand. Als würde er von unsichtbarer Kraft beeinflusst werden, hatte er das Bedürfnis sich dorthin zu begeben.

Ihm fiel auf, dass er von hier einen ganz anderen Blickwinkel auf den See hatte. Alles war übersichtlicher und die Landschaft machte einen völlig anderen Eindruck auf ihn. Er erinnerte sich an ein Zitat, dass er einmal gelesen hatte: *Neue Perspektiven verändern Wahrnehmungen und Wahrheiten.* Genau das hatte er ja gerade unten am Ufer erlebt. Er dachte sich, dass er in

Zukunft öfter mal verschiedene Blickwinkel zulassen wird. Genau wie im Alltag. Immer wieder sieht man nur die Details und verliert die Fähigkeit das große Ganze zu erkennen.

Valentin wusste, dass Ambrosius schon da war, denn er nahm wieder den süßlichen Duft von Vanille und Karamell wahr. Ambrosius stand hinter der Bank und zog an seiner Pfeife. »Schön, dass du dich hierher begeben hast. Ich möchte dir auch an diesem Ort eine kleine Geschichte erzählen, bevor ich dir wieder eine Aufgabe stelle«. Mit diesen Worten setzte er sich neben Valentin auf die Bank. »Ich habe beobachtet, wie du dich nach dem Anblick der neuen Perspektive auf diesen Ort, leicht verändert hast. Ich spürte einen, wie ihr heute sagt *Aha-Effekt* in dir.Deine Gedanken, öfter mal deine Blickwinkel zu ändern, sind genau richtig«. Valentin war schon erstaunt, dass der weise Mann sogar seine Gedanken lesen konnte. »Nein Valentin, ich kann deine Gedanken nicht lesen, ich fühle sie«. Jetzt war wieder so ein mystischer Moment für Valentin und er war sehr gespannt auf die nächste Aufgabe.

»Wie gesagt, bevor wir zur nächsten Aufgabe oder positiven Herausforderung für dich kommen, möchte ich dir eine kleine Geschichte erzählen.

Ein Indianer besuchte einen weißen Mann, der in einer großen Stadt wohnte. Beide gingen schließlich durch die Straßen der Stadt. Plötzlich blieb der Indianer stehen und sagte zu dem weißen Mann: *Hörst du das? - Außer dem Straßenverkehr höre ich nichts*, sagte der Weiße. *Ich höre ganz in der Nähe eine Grille zirpen,* sagte der Indianer und folgte dem Geräusch. Schließlich bog er an einer Hauswand die Blätter von wildem Wein auseinander, und tatsächlich, da saß eine Grille. Der Weiße war ganz erstaunt und meinte: *Indianer können eben viel besser hören als wir. - Da täuschst du dich,* sagte der Indianer. *Ich werde dir das Gegenteil beweisen.* Der Indianer nahm eine Geldmünze und warf sie in die Luft. Als sie auf dem Asphalt leise klingelnd landete, drehten sich ganz viele Menschen um. Obwohl die Leute einige Meter weiter entfernt waren, hörten sie das leise Klimpern der Münze. *Siehst du, das Geldstück war nicht lauter als die Grille und doch haben es die Leute gehört. Der Grund ist nicht, dass Indianer besser hören, sondern dass wir alle das besonders gut hören, worauf wir achten. Wir hören das, was uns nötig und wichtig erscheint.*

Valentin merkte, worauf Ambrosius hinauswollte. Es hatte mit dem neuen Blickwinkel auf den See zu tun. »Weißt du Valentin, die Menschen sind zu sehr damit beschäftigt, hauptsächlich auf ihren Verstand zu hören. Die Gefühle, die Emotionen und die Seele geben doch so oft Zeichen, dass man das eine oder andere machen – oder auch lassen sollte. Manchmal bemerken die Menschen den Kampf zwischen Verstand und Seele. Sicher ist es sogar dir schon manchmal so ergangen. Man erkennt den Zustand, wenn jemand nach einer Entscheidung sagt, …. das war halt so ein Bauchgefühl. Vor zwei Jahren war ich hier mit einem Menschen, dem es so ähnlich ging wie dir. Doch im Gegensatz zu dir, war er an dieser Station nicht ganz so weit wie du. Sein Verstand, also sein Ratio programmierte sich auf Widerstand. Also versuchte ich es mit einem Würfel, um ihn in seiner Verstandeswelt zu erreichen. Ich gab ihm den Würfel und sagte, dass er innerhalb einer Minute viele Würfe machen sollte. Dabei sollte er die Punkte auf dem Würfel in der Gesamtheit mitzählen. Irgendwie hatte er sogar Spaß an diesem Spiel. Wir zählten alle Punkte zusammen und schrieben sie auf. Dann setzte ich ihn etwas unter Druck. Er solle doch noch eine zweite Runde spielen und sich überlegen, wie er in der gleichen Zeit noch mehr Punkte erreichen könnte. Du hättest ihn sehen sollen, sein Körper wurde angespannter und das Lächeln verschwand aus seinem Gesicht. Er nahm die Herausforderung an und würfelte viel schneller als vorher. Natürlich bekam er auch mehr Punkte zusammen und er war richtig stolz darauf. Ich forderte ihn nochmal auf, eine letzte Runde zu würfeln und bemerkte dass er voll und ganz in der Welt der Verstandesebene angekommen war. Wieder fing er an zu würfeln und wie du dir vielleicht denken kannst, noch mehr auf gewinnen ausgerichtet. Er war gerade mit seinem fünften Wurf beschäftigt, da legte ich ihm einen sechzehnseitigen Würfel auf den Platz. Darauf waren Punktzahlen von zwölf, neun, vierzehn, usw. zu sehen. Was glaubst du Valentin, was er jetzt machte?«

Valentin musste gar nicht lange nachdenken und sagte, dass der Mann wohl gleich den sechzehnseitigen Würfel genommen habe um damit weiter zu würfeln.

»Das denken viele«, erklärte Ambrosius, »doch es war ganz anders. Er sah den anderen Würfel, den ich hingelegt hatte, aber er war mit seinem kleineren Würfel weiterhin intensiv damit beschäftigt, seine Punktzahl zu erhöhen. Ich brach dann das Spiel ab und fragte ihn, warum er nicht den anderen Würfel benutzt habe. Er sagte mir, dass ich ihm das ja nicht gesagt hätte. Jetzt gab er auch mir noch die Schuld, statt selbst seine Chancen zu ergreifen. Erst als ich ihm näher brachte, dass das eine Metapher für seinen Welt gewesen sei, verstand er den Sinn des Spiels«.

Valentin war jetzt klar, was das zu bedeuten hatte. Wir sind so sehr in unserem Alltag, in unserem Hamsterrad beschäftigt, dass wir unsere großen Chancen, die *Big-Points* im Leben nicht mehr wahr nehmen.

Wir bemerken nicht mehr, was wirklich wichtig ist und erkennen das Zirpen der Grille in der Stadt nicht mehr.

»Genau darum geht es Valentin. Die Menschen sind mit ihren Problemen und Herausforderungen mehr beschäftigt, als das Ganze für sich zu erkennen. Ich möchte dich einladen, hier an dieser Station das Zirpen der Grille zu erkennen. Doch leider habe ich hier keine in der Nähe gehört. Deshalb lade ich dich ein, wenn du möchtest, dich jetzt mit deiner Seele zu unterhalten. Dieses Gespräch wird eines der wichtigsten in deinem Leben sein. Es sind sieben Fragen an deine Seele, sieben ganz einfache Fragen, doch sie können dir einen neuen Blickwinkel auf deine Lebenssituation und Zukunft geben. Lass Dir bitte Zeit dafür. Schreibe nicht die allerersten Gedanken zu den Fragen auf. Die richtigen kommen meist etwas später in dein Bewusstsein. Ich lass dich solange allein, denn ich höre auf der anderen Seite des Sees einige Grillen zirpen. Die möchte ich mal eben begrüßen«.

Sieben Fragen an deine Seele

Woran glaubst du?

…..

…..

…..

Was könntest du tun, um deiner Seele mehr Raum zu geben?

....

....

....

Was würde deine Seele wirklich beflügeln?

....

....

....

Was noch?

....

....

....

...und was sonst noch – etwas worüber du noch nie mit jemanden gesprochen hast

…..

…..

…..

Was könntest du anders machen, um deine Seele anzusprechen?

…..

…..

…..

Was wirst du jetzt als allererstes tun?

…..

…..

…..

Nur in seiner Seele findet der Mensch

die Kraft zur Erfüllung seiner wirklichen

Bestimmung in der Welt

- Leo Tolstoi -

Station 3

Grenzerfahrungen

Valentin verließ die Bank und ging weiter um den See. Nach einer kurzen Strecke fiel im ein kleiner Wegweiser auf, welcher einen Weg nach Tirol anzeigte.

Inzwischen hatte Valentin mehr Zugang zu seinen Gefühlen und seiner Seele gefunden. Anscheinend hat der Aufenthalt auf der Bank schon etwas bewirkt. Er folgte einfach seinem Bauchgefühl, verließ den Weg um den See und ging in Richtung Vils - Tirol. Es war nur ein kurzer Augenblick und er befand sich an der Grenze zu Österreich. Die Grenze war deutlich an einem kleinen Grenzstein zu erkennen, worauf die Farben der österreichischen Fahne dargestellt waren.

Er blieb stehen und genoss das Gefühl, mit einem Bein in Deutschland und dem anderen in Österreich zu stehen. Dann fiel ihn ein kleiner Zettel auf, der direkt hinter dem Grenzstein lag. Er konnte noch nicht lange hier liegen, da er in einem sehr guten Zustand war. Neugierig nahm er den Zettel auf und wusste

sofort, dass er von Ambrosius stammte. Es war eine kleine Notiz geschrieben und eine seltsame Zeichnung mit neun Kreisen. Er las die Nachricht und dachte, dass dies wieder typisch von Ambrosius sei. Inzwischen hatte er eine energetische und vertrauenswürdige Beziehung zu ihm. Dass er momentan nicht hier war, wunderte Valentin nicht, denn er wusste, dass er jetzt etwas alleine lösen sollte.

Lieber Valentin, stand auf dem Papier, *hier eine weitere, diesmal kleine Aufgabe für dich. Du siehst auf der Rückseite des Zettels neun Kreise aufgezeichnet. Bitte verbinde diese neun Kreise mit vier geraden Linien so, dass du sie, ohne den Stift abzusetzen, alle miteinander verbinden kannst.* Valentin nahm gleich seinen Stift und versuchte die Kreise miteinander zu verbinden.

Lieber Leser, das wäre doch auch gleich eine Aufgabe für Dich:
Verbinde diese neun Kreise mit vier gerade Linien, ohne den Stift abzusetzen.

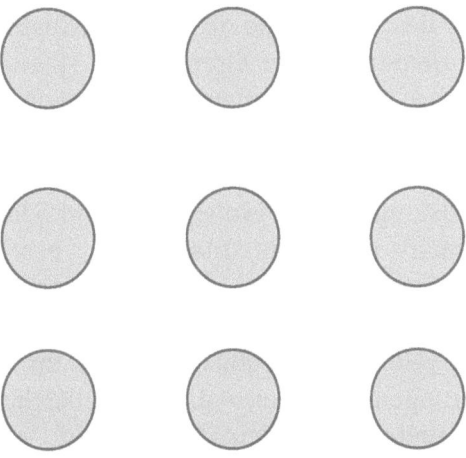

Die Lösung findest Du auf Seite 83. (Bitte nicht gleich aufgeben).

Valentin gab schon frühzeitig auf, da er merkte, dass es für ihn unmöglich war, diese Aufgabe zu lösen. Egal wie er mit dem

Stift über dem Blatt kreiste, er konnte die Kreise nicht miteinander verbinden.

»Ich habe immer Freude an diesem Grenzort«, hörte er eine Stimme sagen und es war natürlich die von Ambrosius. »Natürlich habe ich dir heimlich zugeschaut, wie du den Stift über die Kreise bewegt hast. Du bist, wie viele andere auch, immer innerhalb der Kreise geblieben. So ist die Lösung der Aufgabe nicht möglich. Wir befinden uns ja hier nicht ohne Grund an einem Grenzort. Du hast dir unbewusst Grenzen gesetzt. Und das machst du in vielen Situationen in deinem Leben. Um deine eigenen Grenzen zu sprengen, solltest du einfach losgehen. Wenn du neue Wege gehen möchtest, musst du bereit sein, Gewohntes zu verlassen und vielleicht sogar ins Ungewisse aufbrechen. Wenn du etwas in deinem Leben erreichen willst, egal ob es große Ziele sind oder du dein Leben neu ausrichten möchtest, musst du bereit sein, deine Komfortzone zu verlassen. Das erfordert natürlich Mut, Selbstvertrauen und eine mentale Stärke zur Risikobereitschaft. Nimm deine Herausforderungen gezielt an. Manche dieser Herausforderungen können dich vielleicht am Anfang überfordern, sind aber für dein Ziel wichtig. Versuche sie nicht als zu hohe Hürden zu sehen, sondern sieh sie eher als Etappen an, die es zu erreichen gilt. Überwinde deine Grenzen und negativen Glaubensmuster durch eine positive Grundeinstellung. Fokussiere dich auf deine Wünsche und Ziele in deiner Zukunft. Nur so kannst du dein Potenzial voll und ganz ausschöpfen. Stelle dir das tolle Gefühl vor, wenn du deine Grenzen überschreitest und in eine neue Welt einsteigst.

Eine der größten Grenzen die du überwinden darfst, ist deine Angst vor dem Scheitern. Vergiss dieses Wort, es blockiert dich nur unnötig. Es gibt in Wirklichkeit gar kein Scheitern. Misserfolge sind lediglich lehrreiche Lektionen auf deinem Weg zum Erfolg, egal was Erfolg für dich bedeutet.. Statt dir zu sagen, - oh nein, ich scheitere, solltest du dir lieber überlegen, woran es liegt, dass du etwas nicht schaffen kannst und was du tun kannst, damit es beim nächsten mal besser klappt.

Dann sind da noch deine Ängste. Sie sind ganz normal und du solltest sie anerkennen. Du weist ja jetzt, dass es so etwas wie Scheitern nicht gibt, sondern Lernerfahrungen. Schreibe dir konkret auf, was dir Angst macht und warum. Überlege dir dann, wie du deine Furcht nach und nach überwinden kannst. So bekommst du wieder neue Perspektiven und stellst dich auf Lösungen ein, statt auf Probleme.

Grenzen zu überwinden bedeutet, dass man einiges dafür tun muss. Dies gelingt nicht von heute auf morgen. Lass dich nicht von Versuchungen des Alltags ablenken. Vergiss nicht, was du hier alles erlebst an diesem kraftvollen Ort. Nimm dir Zeit deine neuen Erkenntnisse wirken zu lassen. Werde zu einem Grenzgänger, der sich seiner eigenen Grenzen bewusst ist, diese aber auch immer wieder verschiebt.

So Valentin, Fange gleich JETZT damit an und versuche nochmal die Aufgabe mit den neun Kreisen zu lösen«. Und Valentin wusste nun sofort, wie er es machen sollte. Eigentlich war es ja ganz einfach.

Die Grenzen die man kennt,

hat man bereits überschritten

- unbekannt -

Station 4

Das Ruderboot

Nach den Grenzerfahrungen war Valentin gespannt auf die nächste Station. »Bisher war schon einiges recht ungewöhnlich« sagte er laut vor sich hin. Er hatte keine Ahnung, dass man *ungewöhnlich* noch steigern könnte.

Von der Grenze nach Tirol ging er zurück zum See und setzte seinen Rundweg fort. Nach allem, was er bisher erlebt hatte, brauchte er jetzt eine kleine Pause. Einfach mal den See genießen und an nichts denken. Den nächsten Ort, oder die nächste Station würde er sich selber aussuchen. Er hielt sich rechts und ging wieder den Weg am See entlang.

Er genoss die Sonnenstrahlen, die sich auf dem See spiegelten. Manchmal hatte er das Gefühl, die Sonne würde extra wegen ihm durch die Bäume blinzeln, um ihn zu begrüßen. In seinem Büchlein sah er, dass noch einige Aufgaben auf ihn warteten. Er dachte sich, dass er vielleicht mit so vielen neuen Eindrücken überfordert sein könnte, doch er empfand keinerlei Müdigkeit in sich aufkommen. Ganz im Gegenteil, die neuen Erfahrungen gaben ihm ein anderes Gefühl der Kraft, als er es bisher kannte. Es hatte auch nichts mit der üblichen Motivation zu tun. Er verspürte eine ganz neue Energie der Ausgeglichenheit in sich. Durch die Fragen von Ambrosius und die energetische Kraft dieses Ortes, bekam er immer mehr Kontakt mit seinem wahren Ich.

Auf der linken Seite des Weges konnte er etwas unterhalb eine kleine Betonplatte auf dem See erkennen. »Das wäre ja wohl ein Ort für meine Pause« murmelte er und bog ab um es sich auf der Plattform gemütlich zu machen. Jetzt war er ganz nahe am See und das erste was ihm einfiel war, die Schuhe und Strümpfe auszuziehen und die Füße ins Wasser zu halten. Für einige Zeit waren alle Aufgaben und Erkenntnisse nicht mehr in seinen Gedanken. Er konnte alles um sich herum loslassen und genoss die Ruhe dieses Ortes. Dennoch war er gespannt, was Ambrosius als nächstes mit ihm vorhatte.

»Du glaubst gar nicht, welche Reinigung dieses Wasser in dir bewirken kann. Hier nimmst du direkten Kontakt zur Natur auf. Was du jetzt durch das Wasser spürst, ist die einzigartige Energie dieses Kraftortes«. Ambrosius saß plötzlich direkt neben ihm und lächelte ihn an. »Na, Valentin, bist du bereit für eine neue Erkenntnis? Wie ich mitbekommen habe, hast du die

Herausforderung der neun Kreise doch noch lösen können. Es ging ja darum, außerhalb seiner Grenzen neue Erfahrungen zu sammeln. Und jetzt verlassen wir auch wieder Grenzen. Wenn ich dich fragen würde, wie es dir so geht und wie deine momentane Lebenssituation ist, würde sicher noch der Verstand antworten. Obwohl du ihn ja für eine Weile auf Urlaub geschickt hast, bleibt ein Teil immer noch bei dir. Das ist auch gut so. Also, hast du Lust, nochmal Grenzen zu überschreiten?« Valentin nickte ihm zu und hatte keine Ahnung was jetzt auf ihn zukommen könnte.

»Wir sitzen ja jetzt auf dieser Plattform ganz nah am Wasser. Ich bitte dich, die Augen zu schließen und dir vorzustellen, dass hier im Wasser ein Ruderboot liegen würde. Entweder direkt hier vor dir, oder etwas weiter entfernt. Lass das Ruderboot vor deinem geistigen Auge erscheinen und schaue es dir genau an. Nimm dir Zeit dafür. Du weißt ja jetzt, das Grenzen kein Thema mehr für dich sind. Wenn du möchtest, geh zu dem Ruderboot. Auch wenn es im Wasser liegt – oder es sich vielleicht auf Land befindet, geh um das Ruderboot herum. Sieh genau hin, wie die

Beschaffenheit des Ruderbootes ist. Ist das Holz in einem sehr guten oder weniger guten Zustand? Wie ist die Farbe, schön gestrichen oder blättert sie ab? Ist es dicht? Hat es Ruder und wenn ja, in welchem Zustand sind sie? Ist das Boot angebunden, vielleicht mit einem leichten Seil oder mit schweren Ketten, oder ganz anders? Wie wirkt das Ruderboot auf dich? Nimm alles wahr, lieber Valentin. Welche Gefühle kommen in dir hoch, wenn du dir das Boot anschaust? Jetzt geh noch einen Schritt weiter und nimm die Möglichkeit wahr, auch den See zu verändern. Wenn du dir den Alatsee mal wegdenkst, wie würde dein See aussehen, auf dem dieses Ruderboot liegen sollte. Größer, kleiner? So groß wie hier, oder wie der Forggensee, oder vielleicht sogar der Bodensee, oder noch größer? Ist der See, auf dem jetzt dieses Boot liegt eher ein ruhiger oder unruhiger See?. Lass alles noch etwas auf dich einfließen und empfinde, wie dieses Bild mit dem Ruderboot und dem See auf dich wirkt«.

Kaum dass Valentin die Augen geschlossen hatte, erschien ihm auch schon das Ruderboot. Das Bild baute sich sehr schnell auf und er konnte es klar erkennen. Auch der See veränderte sich sehr schnell. Er nahm sich wirklich Zeit genug, alles wahrzunehmen. »Gut Valentin, jetzt kannst du deine Augen wieder öffnen und ich bitte dich, jetzt nicht zu sprechen. Stell dir vor, du wärst in der Schule und müsstest einen kleinen Aufsatz schreiben. Thema: Ich bin ein Ruderboot auf dem See. Du kannst einfach drauf los schreiben«.

Lieber Leser, bitte nicht weiterlesen, sondern genauso wie es Valentin machen wird, Deinen kleinen Aufsatz mit dem gleichen Titel schreiben. Denke bitte daran, alles in der Ich-Form zu schreiben. Schau Dir DEIN Bild mit dem Ruderboot und dem See solange an wie du möchtest, dann schreibe deinen Aufsatz.

ICH BIN EIN RUDERBOOT AUF DEM SEE

....

....

....

....

....

....

....

....

....

....

Valentin hätte nicht gedacht, wie leicht man so eine imaginiere Geschichte schreiben kann, obwohl er am Anfang sehr skeptisch war. Und so schrieb er drauf los.

Station 5

Ruderboot-Gespräche

„Lass uns zum nächsten Ort weitergehen, dort kannst du mir deine Geschichte vorlesen«, sagte Ambrosius. Sie erreichten jetzt das Ostufer. Direkt an einem Wassertretbecken setzten sie sich ins Gras.

»Ich bin sehr gespannt auf deinen kleinen Aufsatz Valentin«. Dieser schlug sein Büchlein auf und las ihm seine Geschichte vor.

Ein unsichtbares Seil lässt mein Ruderboot nur bis zur Mitte des Sees fahren. Ich kann von dort aus so viele schöne Dinge sehen,

allerdings nicht dorthin fahren. Ständig zieht mich das Seil zu meinen Anlegeplatz zurück. Ich versuche aber immer wieder herauszufinden, ob ich nicht stärker bin als dieses Seil, um auch andere Ufer zu finden. Ich möchte gerne fahren wohin ich will. Mein Ruderboot ist ziemlich angeschlagen. Die Farben sind kaum noch zu erkennen und es müsste mal dringend repariert werden. Es ist absolut dicht, dennoch könnte sein Aussehen schöner sein. Die Größe des Sees ist ähnlich wie der Alatsee hier.

»Mehr habe ich nicht geschrieben«. - »Kein Thema«, erwiderte Ambrosius. »Das was du da geschrieben hast reicht völlig aus. Es sollte ja nicht die Größe eines Romans erreichen«. Ambrosius sah ihn länger an, ohne ein Wort zu sagen. Valentin hatte so eine leichte Ahnung, um was es hier ging. »Bitte lies deine Geschichte nochmal, mit den Gedanken, welche gerade in dir vorgehen«.

»Ambrosius, ich glaube, das Ruderboot bin ich selbst, ist es so?«
»Völlig richtig Valentin. Das Ruderboot bist du selbst. Du hast deine momentane Lebenssituation beschrieben. Das unsichtbare Seil, dass dich darin hindert zur Mitte des Sees zu fahren, oder sogar noch viel weiter, sind Glaubensmuster von dir. Das hat mit den Inhalten zu tun, die du schon jetzt erkennen konntest. Deine Aufgaben bis hierher haben dir gezeigt, warum dieses Seil dich immer wieder zurückzieht. Obwohl du so vieles versucht hast im Leben, du hast innerlich nie wirklich gedacht, dass Ziele und Wünsche wahr werden können. Du hast ständig gekämpft und nach Erklärungen gesucht, weshalb du deine Grenzen nicht verlassen kannst. Dies hat viel Energie gekostet und deine ist manchmal unterhalb der Grasnarbe gewesen. So

sieht auch dein Ruderboot aus. Lies dir deine Geschichte nochmal durch. Ich lass dich jetzt eine Weile alleine«.

Valentin las sie nicht nur einmal durch. Jedes Mal wenn er sich seinen Aufsatz anschaute wurde ihm der Inhalt klarer. Besonders dieses Seil, dass ihn immer wieder zurückzog ärgerte ihn sehr. Es regte ihn auf, dass er immer wieder am gleichen Anlegeplatz landete. Am liebsten hätte er es, wenn das Ruderboot in seinem Aufsatz auch andere Anlegeplätze gesehen hätte. Der See müsste auch viel größer sein. Der Alatsee ist wunderschön, doch brauche ich größeres Wasser. Ich will Neues erleben. So gingen ihm wegen der wenigen Zeilen dennoch viele Gedanken durch den Kopf. Am liebsten würde er den Aufsatz nochmal schreiben, dann wäre er allerdings ganz anders.

»Mach es doch« rief ihm Ambrosius zu, während er das Wassertretbecken verließ und auf ihn zukam. Valentin war schon gar nicht mehr überrascht darüber, dass Ambrosius seine Gedanken fühlen konnte. »Wie, so einfach?«,entgegnete ihm Valentin. »Wird dann mein Leben anders sein, oder anders verlaufen?«

»Warum nicht Valentin, warum nicht?« Ich möchte dir aber erst erklären, weshalb du das Ruderboot so gesehen hast und was der Hintergrund dieser Aufgabe ist. Als du deine Augen geschlossen hast, bist du in eine Bilderwelt eingetreten. Dabei offenbarten sich dir Selbstbilder deiner Person. Diese können tiefe Gefühls-, Gedanken- und Handlungsmuster zum Vorschein bringen. Deine Gefühle über dich selbst wurden zu Bildern. Man kann es auch als einen Tagtraum bezeichnen. Diese Übung geht davon aus, dass Bilder und Vorstellungen, die während des Tages in deinen Gedanken ablaufen, unbewusste Konflikte und Gefühle deiner momentanen Lebenssituation widerspiegeln. Wenn du willst, kannst du es *Einsicht in deine Persönlichkeit* nennen. Ich sage immer: Wo Worte nicht ausreichen, beginnt die Welt der inneren Bilder. Du weißt sicher noch was der Maler Paul Gauguin gesagt hatte. *Schließe deine Augen um zu sehen*«.

»Ja gut Ambrosius, du bist also der Meinung, wenn ich die Geschichte jetzt anders schreiben werde, würde sich mein Leben verändern?« - »Schreibe sie erst mal so wie sie für dich richtig sein soll. Dein Unterbewusstsein solltest du nicht unterschätzen. Ihr habt hier in Deutschland so einen herrlichen Komiker, der hatte mal einen Sketch , darin kam diese Aussage vor: *Großhirn an Kleinhirn, Faust ballen...usw.* Ich glaube er hat einen Namen den man vorwärts wie rückwärts lesen kann. Otto oder so ähnlich. Genauso funktioniert es aber. Alle Anteile in dir, folgen dir auf jeden Gedanken. Jeder Gedanke hat die Macht Wirklichkeit zu werden. Und da gibt es einen, den kannst du schon mal aus deinem System entfernen. Ich nenne ihn den *Wächter am Tor zu deinem Unterbewusstsein.* Er ist dazu da, Veränderungen, die du erreichen möchtest, vehement zu verhindern. Das kann er überhaupt nicht gebrauchen, da du ihm so recht bist, wie du bist. Er hat sich an dein Verhalten gewöhnt und findet es gut so. Sobald du deine Geschichte veränderst, verändern sich damit deine Gedanken. Und da du ja jetzt mit den Grenzen Bescheid weißt, lass dich in der neuen Welt deines Bootes nicht mehr beschränken. Glaubensmuster, die wenig nützlich für dich waren, verschwinden genauso wie dieser bescheuerte Wächter.

Ich habe dir einige Geschichten mitgebracht, die andere Menschen geschrieben haben. Sicher kannst du darin jetzt schon ganz gut erkennen, was für Herausforderungen diese Leute im Leben hatten. Ich lese sie dir gerne vor.

Ich bin ein Ruderboot auf dem See, ich transportiere die Menschen von einem Ufer zum anderen. Die Sonne scheint und der See ist ruhig. Ich bin ein sehr großes Ruderboot, in dem viele Personen Platz haben. Die Menschen, die ich transportiere sind neugierig auf das, was sie während der Fahrt sehen werden. Ich bin aus festem, guten Holz und sehr robust. Der See mündet in einen Fluss und das Ruderboot hat jederzeit die Möglichkeit, diesen Fluss, der sehr breit ist, stromabwärts zu fahren.

»Ich brauch dir nicht zu erzählen, dass diese Person, welche die Geschichte geschrieben hat, ein sehr fröhliches Leben führt. Sie hat mit vielen Menschen zu tun, die sich gerne auf die Person einlassen. Sein Boot ist aus festem Holz, Ich habe diesen Menschen auch hier am See getroffen. Er lebt völlig seine Berufung aus und ist sehr positiv eingestellt. Hier noch eine weitere Geschichte«

Ich bin ein sehr schnelles Ruderboot, das alle anderen hinter sich lässt. Der See ist sehr groß, die Wellen sind ziemlich hoch. Mein Ruderer hat viel Kraft und sieht sehr gut aus. Ich lasse mich einfach von ihm rudern, denn er weiß, wohin er rudern will. Manchmal habe ich aber Angst, dass die hohen Wellen mich zum Kippen bringen und ich untergehen werde.

»Auch diese Person ist mir begegnet. Energetisch nur im Stress. (Ich bin ein schnelles Ruderboot) Action, wie man heute sagt, bestimmte deren Leben (die Wellen sind sehr hoch). Dennoch war diese Person unglücklich. Es war eine Frau und sie lebte nicht ihr wahres Ich. Sie wurde von ihrem Partner gelebt. (Der hatte die Ruder in der Hand). Noch eine Geschichte?«

Ich bin ein Ruderboot auf dem See, das sehr klein und aus morschem Holz ist. Ich liege so herum und jeder kann mich benutzen, wenn er will. Der See ist ziemlich trübe und die Ufer felsig. Es fahren andere, schönere Ruderboote herum mit fröhlichen Menschen darin. Sie winken mir zu und ich winke zurück. Es macht mir immer wieder Spaß, wenn diese Boote an mir vorbeifahren. Wenn mich keiner mehr braucht, liege ich wieder angekettet am Ufer und warte, bis wieder welche kommen, um mit mir zu fahren.

»Valentin, soll ich dazu noch was erklären?« - »Nein Ambrosius, ich kenne mich jetzt aus, ich kann mir denken, wie es diesem Menschen ging«.

»Kommen wir nochmal zurück auf das Thema, die Ruderboot-Geschichte neu zu schreiben. Es war vor vielen Jahren hier an diesem Ort. Eine Frau machte die gleiche Runde wie du. Sie hat mich ein Jahr später wieder hier besucht. Auch sie hatte die Geschichte neu geschrieben. Hier ist sie, ich glaube es kann dir weiterhelfen, wenn ich sie dir vorlese«

Ich bin nicht mehr das angekettete Ruderboot. Ich löse mich von meiner Halterung. Etwas unsicher und orientierungslos treibe ich in Richtung Mitte des Sees, damit mich niemand zurückholen kann. Menschen, die ich sehr schätze haben sich erzählt, dass dieser See in einen Fluss mündet und der Fluss wiederum in ein Meer. Und dass es Strömungen gibt, die den Weg dorthin zeigen.

Erfüllt von der Sehnsucht nach dem hellblauen Meer finde ich direkt den Weg zum Fluss. Wind, Wetter und sonstige Ereignisse haben mich zwar etwas abgestoßen und äußerlich mitgenommen, doch treibt mich eine starke Strömung direkt ins Meer. Überwältigt von der Schönheit und der unendlichen Weite oberhalb und unterhalb des Meeres, lerne ich die Unendlichkeit des Seins zu begreifen. Ich fühle mich nicht mehr als Ruderboot, sondern als Teil dieses Ganzen.

Ich bin still geworden – es ist in mir. Die Gefühle und Bilder von diesem sichtbaren Wunder nehme ich auf und beschließe, von nun an meine Ruder selbst in die Hände zu nehmen. So kann ich überall dorthin, wo es für mich schön ist und ich glücklich bin. Und wo ich wichtige und sinnerfüllte Dinge tue. Manchmal treibe ich still, ein anderes Mal tanze ich übermütig auf den Spitzen der Wellen. Ich freue mich, dass ich lebe!

»Ich möchte dir verraten, dass die gleiche Person vorher eine Geschichte geschrieben hat, die ich dir hier schon vorgestellt habe und die war nicht so toll« fügte Ambrosius noch hinzu. »Schmeiß diesen blöden *Wächter am Tor zum Unterbewusstsein* aus deinem Leben, lieber Valentin. Wenn du wieder zu Hause bist, nimmt dir mal einen Tag Zeit für dich, so wie du es heute machst und schreibst deine Ruderboot-Geschichte neu. Wir sind ja noch nicht am Ende mit deiner Reise hier um den See. Alles was du in deinen Notizen, in dein Büchlein geschrieben hast, wird dir bei deiner neuen Geschichte behilflich sein. Und lieber Valentin, setze dir keine Grenzen – denke an die neun Kreise«.

Valentin wusste jetzt schon, wo er seine neue Ruderboot-Geschichte schreiben wird. Auch in seiner Heimat gibt es einen sehr energetischen Platz, den er oft besucht und mit einem Spaziergang verbindet.

»Wie geht es dir Valentin, jetzt in diesem Augenblick. Bist du müde oder möchtest du noch zwei Stationen durchlaufen? Wenn es zu viele Eindrücke sind, können wir gerne auch morgen weitermachen. Entscheide, was du tun möchtest«. Valentin brauchte gar nicht lange nachdenken und entschied sich morgen früh weiterzumachen. »Morgenstund hat Gold im Mund«, lachte Ambrosius und wünschte Valentin einen schönen Abend. »Du wirst dich sicher wieder in deinem kleinen Campingbus auf dem Campingplatz aufhalten. Tu dir einen Gefallen und schau nicht mehr in deinen Notizen. Lass das alles mal los. Genieße bei einem schönen Essen, alleine oder mit anderen auf dem Platz, diesen schönen Abend. Der *Wächter am Tor zu deinem Unterbewusstsein* würde sich sicher gerne mit dir heute Abend auseinandersetzen. Er wird versuchen, Zweifel und Ängste in dir hervorzuholen. Er ist völlig gegen Veränderungen, die in deinen Gedanken vorgehen. Aber ich verrate dir ein Geheimnis: Gegen ein gutes Essen und ein schönes Glas Wein oder Bier ist er machtlos. Bis morgen lieber Valentin, wir treffen uns hier an der gleichen Stelle. Ein kleiner Hinweis noch für dich : Komme recht früh. Morgens haben Kraftorte meist die stärkste Wirkung«.

Es geht darum,
ein Gleichgewicht herzustellen
zwischen materieller Entwicklung
und menschlichen Werten

- Dalai Lama -

Station 6

Kläre deine Werte

Es war wirklich ein schöner Abend und Valentin hatte Bekanntschaft mit sehr interessanten Menschen gemacht. Die Gespräche beliefen sich hauptsächlich über Urlaub und es wurde viel gelacht.

Am nächsten Morgen traf er sich mit Ambrosius wieder am Tretbecken. Ambrosius war anscheinend mit jemanden am reden und lachte dabei, doch konnte Valentin niemanden erkennen.

»Hallo Valentin, ich wünsche dir einen wunderschönen guten Morgen. Du kannst dich sicher noch daran erinnern, dass ich mich gestern mit einer Grille unterhielt. Und mit ihr hatte ich gerade ein fröhliches Gespräch. Ich erklärte ihr, was wir beide heute erleben werden und welches die nächste Station ist. Da musste sie herzlich lachen, denn sie erinnerte sich an eine Person, mit der ich genau hier an dieser Stelle ein sehr spannendes Thema durchgegangen bin. Ich fragte sie, ob sie ihre Werte kenne. Und wegen deren Antwort musste die Grille wirklich lachen. Die Person sagte mir, dass sie natürlich, wüsste, welche Werte sie habe. Sparbücher, eine Immobilie und Schmuck, der einiges an Wert hätte«. Dann wurde Ambrosius etwas ernster und fragte Valentin: »Welche Werte hast du Valentin?« Irgendwie hatte Valentin das Gefühl, dass der weise Mann ihn auf eine Probe stellen wollte. Doch er konterte fröhlich, dass er ihm nicht auf's Glatteis folgen wird. »Du wirst sicher keine materiellen Werte meinen – oder?« Ambrosius drehte sich um und ging mit Valentin über eine kleine Brücke auf eine Bank zu, welche direkt am See stand.

»Genau Valentin, natürlich meine ich die inneren Werte. Komm, sieh dir den Ausblick von hier an. Es ist der gleiche See wie gestern, doch bekommst du von hier wieder einen ganz anderen Blickwinkel. Genieße das Geschenk der Natur«.

Valentin fühlte eine besondere Kraft in sich aufsteigen, die er gestern noch nicht so intensiv wahr nahm. Er bemerkte, dass er jetzt viel freier und tiefer atmen konnte. Sein beklemmendes Gefühl, dass er schon länger in sich spürte und ihn oft ängstlich werden lies, war völlig verschwunden. Die Energie des Ortes war noch spürbarer als gestern. Ambrosius bemerkte den Wandel in Valentin und lies ihn eine Weile allein. So einen inneren Frieden hatte Valentin lange nicht mehr erlebt. Ihm vielen Wörter ein, wie Zufriedenheit, Klarheit, Dankbarkeit, Wertschätzung und noch einige andere.

»Das sind die wirklichen Werte«, sagte Ambrosius, der vor ihm stand und ihn in den Arm nahm. Dann setzte er sich mit Valentin auf diese Bank.

»Ich höre die Menschen oft oberflächlich sagen... *das hat wohl keinen Wert für mich*, oder ... *ob das einen Wert für mich hat?* Ihnen ist gar nicht bewusst, wie wichtig diese Aussage ist« Ambrosius lehnte sich zurück und erzähle Valentin von den inneren Werten.

»Weißt du Valentin, unsere inneren Werte sind ausschlaggebend, wie gern etwas erledigt wird. Jeder Mensch hat Werte. Wir nehmen sie meistens nicht wahr. Wenn wir Entscheidungen treffen und dabei ein unangenehmes Bauchgefühl haben, ist es möglich, dass es zu einer *Wertekollision* gekommen ist. Werte üben auf unsere

Einstellungen, unsere Handlungen und unsere Gedanken mehr Einfluss aus, als alle anderen Funktionen in unserem Leben.

Die Wahl des Lebenspartners, der Freunde, berufliche Entscheidungen, sogar die Auswahl deines Autos, sowie der momentane Wohnort – deine Werte haben diese Entscheidungen massiv beeinflusst. Es ist gut, Aufgaben und Entscheidungen an Werten auszurichten, die uns wichtig sind. Ist dies nicht der Fall, sind wir ständig mit *Wertekollisionen* beschäftigt. Diese rauben uns Energien und machen uns das Leben nicht einfacher.

An einem anderen Kraftort lernte ich Thomas kennen. Er war ebenso wie du auf der Suche nach neuen Blickwinkeln. Thomas oberster Werte waren Kreativität und Lebensfreude. Er arbeitete in einer Firma, in der noch die Regel galt *oben der Häuptling, unten die Indianer*. Das Motto der Firmenleitung: *Verrichten sie ihre Arbeit, dafür bekommen sie ihr Geld*. Thomas machte seine Arbeit gut, hatte jedoch auch hin und wieder sehr kreative Einfälle, um neuen Schwung in die Firma zu bringen. Ab und an hörte sich der Vorgesetzte diese Ideen auch an. Jedoch wurde keine davon umgesetzt. Es wurde immer nur geredet, oder auch zerredet.

Die Motivation von Thomas war nicht die beste. Wenn Thomas sein ganzes Leben in dieser Firma tätig sein würde, was glaubst du kann er mit seinen Werten Kreativität und Lebensfreude anfangen?« - »Ich weiß es nicht Ambrosius, ich denke er wird nie richtig glücklich sein«. Ambrosius nickte und sprach weiter

»Stimmt, deshalb lebte er seine Werte in seinem Hobby aus, nicht in seinem Beruf. Und deshalb sind so viele Menschen unglücklich in ihrem Beruf. Wieso leben so viele ihre Werte in der Freizeit aus, oft in Hobbys? Vielleicht wusstest du es noch nicht, lieber Valentin, aber Hobbys sind verneinte Berufungen. Was ist eigentlich dein Hobby?«

Das hatte gesessen... Valentin spürte ein komisches Gefühl im Magen, denn er erkannte, dass er gar kein Hobby hatte. So richtig glücklich war er in seinem Beruf auch nicht wirklich.

»Es gibt sehr viele Menschen, welche die Karriereleiter emporsteigen und oft sehr spät bemerken, dass diese Leiter an der falschen Mauer steht«, sagte Ambrosius und sah Valentin länger an. »Na, das mit deinem Hobby wird dich wohl noch beschäftigen, stimmts? Mach dir keine Gedanken, das löst sich alles noch«. Ambrosius schaute wieder auf den See und fuhr fort »Es ist überaus wichtig, die eigenen Werte zu kennen. In vielen Fällen werden sie von anderen Personen vorgegeben. In unserer Kindheit haben wir oft die Werte unserer Eltern mit-gelebt. In der Schule ging es genauso weiter. Heute werden unsere Werte oft durch Werbebotschaften vorgegeben und beeinflusst. Wenn du Produkt X benutzt, gehörst du zu einer besonderen Gruppe von Menschen.Konzentriert man sich etwa nur auf´s Geld verdienen, bekommt man auch nur das Geld. Doch was nutzt der Reichtum alleine, wenn man sich einsam fühlt? Ist einer deiner obersten Werte *Natürlichkeit*, hast du mit allen künstlich herbeigeführten Themen wenig zu tun. Ist dein oberster Wert *Glaubwürdigkeit*, sind dir die gesprochenen Worte der Menschen sicher wichtig, doch entscheidend ist für dich, ob die Inhalte dieser Worte auch umgesetzt werden. Ich will jetzt keine weiteren Werte hier als Beispiel nennen, du wirst deine eigenen finden. Richte dein Leben möglichst nach deinen Werten aus Valentin. Lebe diese und handle danach. Wenn Du deine Werte-Hierarchie kennst, kannst du kongruent mit dir selbst sein«.

Ambrosius stand auf und gab Valentin ein Zeichen, um mit ihm am Ufer entlang zu gehen. »Ich weiß, es ist schon viel, was ich dir über die Werte erzähle, doch es ist mit das wichtigste Thema für dich hier. Soll ich weiterreden?«

»Klar, ich spüre bei deinem Vortrag«", bei dem Wort musste Valentin lächeln, »dass da was bei mir in Schwingung kommt«.

Ambrosius lachte und sagte »Du kennst bestimmt Menschen, die eine gewisse Ausstrahlung haben. Diese Personen, mögen es Persönlichkeiten aus der Politik, dem Showbusiness, der Kultur oder aus deinem Umfeld sein, leben ihre Werte intensiv aus. Sie sind charismatisch und haben das gewisse Etwas. Sie lassen sich nicht beeinflussen, sondern richten ihr Leben und ihren Lebensinhalt nach ihren Werten aus. Valentin, eines der wichtigsten Lebensweisheiten ist, dass du dein Leben möglichst nach deinen Werten ausrichten solltest. Und an dieser Station hast du die *Möglichkeit*, übrigens mein Lieblingswort, deine Werte zu finden. Werte sind die Energien und die Motivation, die dich bewegen, zur rechten Zeit am rechten Ort das richtige zu tun, oder zu lassen.

Die Stimmigkeit in deiner Tätigkeit und in deinem Verhalten hängt davon ab, ob du deine Werte leben kannst. Sonst bist du im Nebel. Genau, im Nebel. Lies mal das Wort LEBEN rückwärts, kein Zufall – oder? Es ist nicht schwierig Entscheidungen zu treffen, wenn du weißt, welches deine Werte sind. Werte machen dich erkennbar und geben dir ein, wie Marketingleute das heute formulieren, *Alleinstellungsmerkmal*. Du wirst charismatisch – innen wie außen. Sie zeigen dir immer, wo du stehst im Leben. Wenn du nicht weißt, wo du stehst, kann alles im Leben für dich ins Ungleichgewicht kommen. Wenn du dich immer mit anderen vergleichst, bist du in (d)einem Mangel und weit entfernt von deinen Werten.

Die beste Strategie, egal in welchem Bereich deines Lebens, wird dir überhaupt nichts nützen, wenn du gegen deine Werte arbeitest. Immer wenn du gegen dein Wertesystem verstößt, fühlst du dich schlecht.

Genug Vortrag jetzt Valentin. Hat das Thema für dich einen Wert?« - »Absolut Ambrosius, ich sagte ja schon, da kommt so einiges bei mir in Schwingung. Woher kann ich wissen, welche Werte für mich wichtig sind?«

»Das zeige ich dir gleich Valentin. Das wird jetzt eine spannende Geschichte für dich. Wenn du festgestellt hast, welche Werte in dein Leben passen, kannst du ein Leben führen, das zu dir passt. Du wirst auch erkennen, wieso in deinem Leben einiges sehr leicht funktioniert hat, und weshalb du oft eine Bruchlandung hingelegt hast. Und das in vielen Bereichen deines Lebens.

Ich habe dir einige Werte aufgeschrieben, die kannst du für die nächste Aufgabe schon nutzen. Füge gerne noch weitere hinzu, die dir eventuell einfallen. Hier eine kleine Auswahl für dich«.

Liebe - Freude - Klarheit - Kreativität - Lebensfreude

Geborgenheit - Vertrauen - Neugierde - Aufrichtigkeit

Achtung - Erfüllung - Ehrfurcht - Einheit

Freiheit - Humor - Begeisterung - Zartheit

Zielstrebigkeit - Gerechtigkeit - Schönheit

Optimismus - Anmut - Offenheit - Wachheit

Achtsamkeit - Natürlichkeit - Geborgenheit

Intuition - Weisheit - Zuverlässigkeit - Ehrlichkeit

Wertschätzung - Väterlichkeit - Mütterlichkeit

Kindlichkeit - Dankbarkeit - Toleranz - Neugierde

Verständnis - Glaubwürdigkeit - Sparsamkeit

Zärtlichkeit - Kontaktfreudigkeit - Vergebung

Aufrichtigkeit - Erotik - Ekstase - Disziplin

»Werte sollten für alle Bereiche deines Lebens definiert werden. Du bist ja nicht ständig mit Arbeit oder mit Hobbys beschäftigt. Definiere deine Werte in den Bereichen: Karriere und Beruf, Beziehung/Partnerschaft, Gesundheit/Fitness, persönliches Wachstum und Spiritualität. Persönliches Wachstum heißt Weiterbildung, Weiterentwicklung. Um ganzheitlich zu denken, solltest du deine Werte aus allen Bereichen kennen und leben. Es wird sehr schwierig für eine Hausfrau mit Kleinkindern, wenn sie wenig Zeit zur Verfügung hat, durch Weiterbildung ihr persönliches Wachstum zu fördern. Wertekollisionen können in den kleinsten Bereichen vorkommen. Sie rauben Energien und nehmen uns den Spaß«

»Hier muss ich nochmal nachfragen Ambrosius«. Valentin wollte keine Kritik üben, obwohl der Ausdruck seines Gesichtes schon darauf hinwies. »Muss ich wirklich meine Werte in verschiedene Bereiche einteilen?« - »Das ist eine gute Frage. Schau mal Valentin, wir sind doch hier in der Natur. Und aus der Natur kannst du vieles für dein Leben lernen.

Stell dir mal eine Pflanze vor:

Hat diese Pflanze alle Wirkstoffe wie Magnesium, Kalium, Stickstoff und Sauerstoff, wird sie ihr Wachstum selbst optimal organisieren. Der Gärtner hat nichts anders zu tu, als dafür zu sorgen, dass die Rahmenbedingungen optimal sind und bleiben. Wenn der Pflanze ein Wirkstoff fehlt, z.b. Magnesium, wird das Wachstum suboptimal sein und die Pflanze eingehen. Auch wenn man mehr Kalium zugibt, weil Magnesium fehlt, wird die Pflanze eingehen. Deshalb, lieber Valentin, ist es wichtig, dass auch bei dir alle Bereiche deines Lebens eingebunden werden.

Statt Kalium, Magnesium, Stickstoff und Sauerstoff sind es bei dir:

Karriere / Beruf

Beziehung / Partnerschaft

Gesundheit / Fitness

Persönliches Wachstum

Spiritualität

Wenn du nur einen oder zwei Bereiche auslässt, bis du nicht in deiner Mitte. Ich glaube, du willst dir nur die Aufgabe kleiner machen, doch ist diese wohl mit die wichtigste in deinem Leben«. Erheiternd ging Ambrosius mit Valentin zurück zur Bank.

»Finde zu jedem einzelnen Bereich mindestens drei Werte. Frage dich immer, was dir wichtig ist in Bezug auf Karriere/Beruf, Beziehung/Partnerschaft, usw. Ich lasse dich jetzt alleine bei deiner Beschäftigung«.

Was ist dir wichtig in Bezug auf...

Lege keine Reihenfolge fest, sondern finde einfach drei Werte für jeden Bereich und trage sie hier ein. Viel Spaß lieber Leser.

Karriere / Beruf

…..

…..

…..

Beziehung / Partnerschaft

…..

…..

…..

Gesundheit / Fitness

....

....

....

Persönliches Wachstum

....

....

....

Spiritualität

....

....

....

»Gut gemacht Valentin, jetzt darfst du deine Werte für jeden Bereich in die Reihenfolge ihrer Wichtigkeit ordnen. Welcher Wert ist für dich der wichtigste, welcher der zweitwichtigste, usw. Frage dich bei allen aufgeschriebenen Werten: Was ist mir wichtiger, dieser oder jener Wert?

Nehmen wir mal an, du hast in einem Bereich die Werte Glaubwürdigkeit, Disziplin und Geborgenheit. Es kann vorkommen, dass du dich nicht festlegen kannst, weil dir vielleicht zwei davon gleich wichtig sind. Du musst – oder besser – darfst dich dennoch für einen Wert entscheiden. Probiere es einfach mal aus. du wirst den Unterschied fühlen. Die Ermittlung deiner Werte wird sicher einige Zeit in Anspruch nehmen. Lass dich auf keinen Fall dabei stören und nimm dir diese Zeit. Glaube mir, es gibt kaum Dinge, die wichtiger für dich sind«.

Valentin fand richtig Gefallen an der Aufgabe. Er ordnete die Werte in deren Bedeutsamkeit für sich in die Notizen. Manchmal geriet er schon mal in die Situation, wo er nicht wusste, ob der Wert X oder Y wichtiger waren. Dann stellte er sich die Frage *Was ist wichtiger für mich, ein Leben mit X ohne Y, oder ein Leben mit Y ohne X.* So fand er leichter heraus, welcher den oberen Platz einnehmen kann. (X oder Y ist natürlich als Metapher für einen Wert gemeint)

Nun fing er an, die Werte in die Reihenfolge seiner Wichtigkeit zu ordnen

Karriere / Beruf

1.) …..

2.) …..

3.) …..

Beziehungen / Partnerschaft

1.) …..

2.) …..

3.) …..

Gesundheit / Fitness

1.) …..

2.) …..

3.) …..

Persönliches Wachstum

1.) …..

2.) …..

3.) …..

Spiritualität

1.) …………………………………

2.) …………………………………

3.) …………………………………

Geschafft, Valentin hatte jetzt für alle fünf Bereiche seine Wertehierarchie zusammengestellt.

»Der nächste und letzte Schritt ist jetzt ganz einfach«, sagte Ambrosius, der wieder neben ihm auf der Bank Platz genommen hat. Nimm dir aus allen fünf Bereichen die Werte, die an erster Stelle stehen. Diese fünf Werte bringe nach der gleichen Methode wieder in die Reihenfolge deiner Wichtigkeit.

Deine Ziele und Wünsche sind ohne deine passenden Werte nicht zu erreichen. Ebenso können erreichte Ziele, ohne passende Werte vielleicht die falschen sein. Lass dir Zeit für den wichtigsten Schritt dieser Aufgabe«.

Valentin ordnete jetzt aus jedem Bereich den obersten Wert in die Reihenfolge, dass sie sich gut für ihn anfühlten.

1.) …......................................

2.) …......................................

3.) …......................................

4.) …......................................

5.) …......................................

»Gut gemacht Valentin. Jetzt kennst du deinen momentanen wichtigsten Wert im Leben. Der kann sich allerdings auch mal ändern, das Leben steht ja nicht still. Deshalb empfehle ich dir, einmal im Jahr die Ermittlung deiner Werte durchzugehen«.

MEIN WICHTIGSTER WERT IM LEBEN IST:

_____

»Dir wird jetzt sicher in den nächsten Tage klarer werden, wieso einige Situationen in deinem Leben für dich gut und weniger gut waren. Vergleiche den Ausgang dieser Erlebnisse für dich mit deinen Werten, besonders mit deinem obersten Wert. Was fällt dir da auf? Wie gesagt, diese Gedanken können in den nächsten Tagen bei dir aufkommen«.

»Was glaubst du Valentin, wie viele Leser dieses Büchleins haben die Aufgabe mit den NEUN KREISEN gleich lösen können? Hier zeichne ich die Lösung ein. Übrigens kannst du mit dieser Übung viel Spaß im Freundeskreis bewirken. Lasse sie einfach mal dieses Spiel spielen«

Lösung Neun Kreise

(Seite 45)

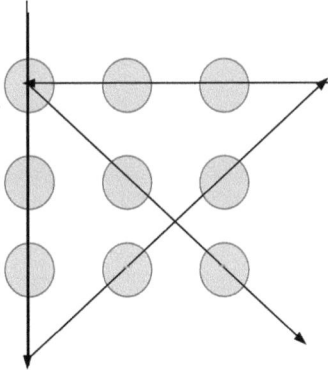

Menschen sind wie Museen:

Nicht auf die Fassade kommt es an,

sondern auf die Schätze im inneren

- Jeanne Moreau -

Station 7

Klausur mit dir selbst

»So Valentin, es wird Zeit für einen kleinen Spaziergang« Ambrosius ging mit Valentin auf einem befestigen Weg am See entlang wieder Richtung Westufer. Valentin bemerkte, dass es wieder zum Ausgangspunkt seiner kleinen Reise ging. »Sag mal Valentin, wie würdest du dich einstufen, bist du eher ein Optimist oder Pessimist?«. Die Frage traf Valentin schon in seinem Herzen. Was dachte Ambrosius von ihm, jetzt, wo sie so intensiv zusammen waren. »Natürlich bin ich ein Optimist, ab jetzt ganz sicher sogar«. Ambrosius lachte: »Ich wollte dich nicht herausfordern. Ich habe nur bemerkt, dass du heute noch gar nicht gelacht hast. Vielleicht erheitert dich meine kleine Metapher. Was ist der Unterschied zwischen einem Optimisten und einem Pessimisten? Du brauchst gar nicht nachzudenken Valentin, ich sage es dir gleich. Der Optimist glaubt, er lebt in der besten aller Welten... und der Pessimist befürchtet dass das wahr ist«. Valentin brauchte etwas Zeit, dann verstand er und musste herzlich schmunzeln. »Charlie Chaplin, für mich der bedeutendste Komiker dieser Erde sagte mal: Jeder Tag, an dem du nicht lächelst, ist ein verlorener Tag«. Ambrosius sah Valentin dabei an. »Lächle bitte mindestens einmal am Tag Valentin, dann geht er nicht verloren«.

Inzwischen waren sie wieder auf der Wiese am Westufer angekommen, wo die Reise mit der ersten Station begann.

»Wir bleiben noch bei deinen Werten Valentin. Es ist die letzte Aufgabe, die du bekommst. Du kennst ja jetzt deinen obersten und wichtigsten Wert. Aber kennen alleine bringt nicht viel. Anwenden muss man sie. Hier habe ich ein paar Fragen für dich, die eine Art Klausur mit dir selbst sind. Diese Fragen können dein Leben weiter positiv verändern, denn du bekommst jetzt einen Blick hinter den Vorhang deiner Werte. Nimm wieder dort oben auf der Bank Platz und schau dir die Fragen an, die jetzt in diesem Büchlein stehen. Du kannst auch gerne bei der Suche nach Antworten etwas herumlaufen. Im Stehen ist der Mensch sowieso intelligenter«. Ambrosius hatte wieder sein typisches Lächeln in der Mimik und ging zum See hinunter.

Bevor Valentin mit der Aufgabe anfing, nahm er nochmal die Energie dieses Kraftortes auf. Er fühlte die Sonnenstrahlen und hörte die Vögel hinter sich in den Bäumen. In der Ferne hörte er sogar wieder, wie jemand auf einer Panflöte spielte.

Da er ja nun seine Werte kannte, wurde ihm sehr bewusst, weshalb er jetzt bei der letzten Aufgabe so viel Freude empfand. Einer seiner Werte war es, sich spirituell weiterzubilden, aber ohne den Boden dafür zu verlassen. Ihm fiel dazu eine indianische Weisheit ein *Es ist gut für den Menschen, seinen Kopf in den Wolken zu haben und seine Gedanken zwischen den Adlern wohnen zu lassen, aber er muss auch daran denken, dass je höher der Baum in den Himmel wächst, desto tiefer seine Wurzeln in das Herz von Mutter Erde eindringen müssen.*

»Das hab ich gehört Valentin«, rief Ambrosius vom See hinauf. »Eine wunderbare Metapher, darf ich sie für andere Besucher nutzen? Ich habe auch Freude an neuen Dingen«.

Valentin schaute in sein Buch und fing mit der letzten Aufgabe an. Es ging um seinen obersten Wert.

Darin stand: Bitte beantworte diese Fragen:

Welche Gefühle löst dein wichtigster Wert in dir aus?

…...

…...

…...

…...

Wieso ist dir dieser Wert so wichtig?

…...

…...

…...

…...

Was macht er mit dir?

....

....

....

....

Zu welchem Ausmaß ist dieser Wert in deinem Leben erfüllt?

....

....

....

....

Welche Konsequenz hat dieser Wert für dein Leben?

……...

……...

……...

……...

Wieso bist du auf diesen Wert stolz?

……...

……...

……...

……...

Jeder Tag beinhaltet einen neuen Anfang

- Jürgen Wolf -

ABSCHIED

Valentin hätte niemals gedacht, solche Antworten zu finden. Es waren ja auch nicht die üblichen Fragen des Alltags, es waren die Fragen von Ambrosius. Er nahm ein Gefühl des Ausbruchs wahr. Eine Art Ausbruch in die Freiheit, in seine Freiheit.

Ambrosius stand unten am Ufer und winkte Valentin zu sich herunter. »So Valentin, es wird Zeit sich zu verabschieden.

Es hat mich sehr gefreut dich kennenzulernen. Vielleicht kannst du die vielen Eindrücke und Erlebnisse noch nicht in dein Leben integrieren, doch das wird sich von selbst ergeben. Alles, was du hier ent-deckt und für dich gefunden hast, wird deine Zukunft positiv verändern«.

»Das stimmt Ambrosius, es waren sehr viele neue Blickwinkel auf mein Leben. Aber wie sagtest du, neue Blickwinkel bringen auch immer neue Perspektiven. Auf diese freue ich mich schon sehr«. - »Freuen ist sehr schön Valentin, doch du musst es tun. Ich habe dir nur einige neue, wie du sagst, Blickwinkel gegeben. Verantwortlich für dein Leben bist nur du, kein anderer. Zum Abschied möchte ich dir noch eine kleine Geschichte erzählen. Hast du schon mal was von einem Sokrates gehört?« - »Ja, gehört habe ich den Namen schon, aber mehr weiß ich nicht über ihn«.

Ambrosius schaute auf den See und fing an zu erzählen.

»Sokrates war ein griechischer Gelehrter und lebte von 469 v. Christus bis 399 nach Christus. Ambrosius, mein Name bedeutet ja auch nach dem griechischen – der Unsterbliche. Doch zu dieser Zeit gab es mich noch nicht. Deshalb habe ich diese Geschichte auch nur erzählt bekommen.

Sokrates war dafür bekannt, dass er immer gerechte und weise Antworten auf verzwickte und schwierige Fragen geben konnte. Er lebte auf einem Berg und jeden Tag kamen viele Menschen mit ihren Fragen zu ihm. Doch wo viel Licht ist, da ist auch viel Schatten. Zwei Jünglinge wollten Sokrates vor den versammelten Teilnehmern blamieren, indem sie ihm eine Frage stellten, die er unmöglich beantworten konnte.

So reihten sie sich eines Morgens in die Schlange der Menschen ein, die zu Sokrates auf den Berg pilgerten. Sie waren sehr aufgeregt, denn es würde ihnen ja heute gelingen, Sokrates bloßzustellen. Sie kamen ihm Schritt für Schritt näher. Als sie vor ihm standen hielt der eine Jüngling seine Hände nach vorne. Zwischen den Händen hatte er einen kleinen Vogel versteckt. Dann fragte er den Weisen *Sokrates, ich habe hier einen Vogel in der Hand. Sag du mir ob der Vogel tot ist oder ob er lebt.*

Der Jüngling hatte sich allerdings einen miesen Trick einfallen lassen. Sollte Sokrates sagen, dass der Vogel lebt, würde er die Hände zusammendrücken und er wäre tot. Sagt er, dass der Vogel tot sei, würde er die Hände öffnen und der Vogel würde weg fliegen. Egal wie Sokrates also antworten würde, er hätte falsch geantwortet.

Sokrates sah dem Jungen lange in die Augen. Dann sagte er ihm *Mein Sohn, der Vogel, den du in deiner Hand hältst, ist so wie du ihn haben willst. Er kann tot sein, oder er kann leben.*

Den Vogel, den du in deiner Hand hältst, lieber Valentin, ist so wie du ihn haben willst. Wie ich dich kenne, wird er wohl leben«.

Valentin war tief berührt von dieser Geschichte. Genau, sein Vogel wird leben und niemand auf der Welt wird ihn daran hindern. »Erwarte nur das Beste für dich«, sagte Ambrosius und nahm Valentin nochmal in die Arme. Dann dreht er sich um und ging am Ufer des Sees entlang und... verschwand.

»Wow«, sagte Valentin laut vor sich hin. Ich möchte jetzt auch gehen. Mit seinem Campingbus, den er auf dem Parkplatz abgestellt hatte, fuhr er zurück zum Campingplatz. Er hatte aber noch keine Lust in seine Heimat zu fahren. Nein, er kannte ja jetzt seinen obersten Wert und den wollte er jetzt gleich einmal ausleben. Ein Besuch im Schloss Neuschwanstein kommt an erste Stelle, dachte er, dann möchte ich noch ein Schifffahrt auf dem Forggensee mitmachen. Und dann.....

Kein Wunder, denn sein oberster Wert war LEBENSFREUDE

Entscheide
oder es wird über dich entschieden

- Jürgen Wolf -

DANACH

Valentin schaute nach seinem Urlaub am Alatsee zurück auf das Treffen mit Ambrosius. Er befand sich in Gedanken nochmal an dem See und spürte ein tiefes Gefühl des Glücks in sich. Es sind nicht viele Menschen die auch nur annähernd ahnten welches Glück er in diesem Augenblick empfand. Ambrosius gab ihm damals die Möglichkeit, hier an diesem Ort sein Leben zu reflektieren und neu auszurichten.

Die Energie und das Wissen wirklich zu beschließen, was er genau wollte, um es dann in seine Zukunft zu integrieren, war inzwischen etwas, das ihn sehr faszinierte. Anfangs war er doch noch ein wenig skeptisch und hätte diese Möglichkeit nicht für selbstverständlich gehalten. Viele Menschen, das hatte er mittlerweile erfahren können, wissen nicht, dass es möglich ist, ihr Leben aus einem ungewohnten und ungewöhnlichen Blickwinkel anzuschauen.

Ambrosius erklärte ihm damals, wie sich die Menschen über alles beklagten und die wirklich wichtigen Themen nicht mehr wahr nahmen. Valentin erkannte nach dem Treffen mit dem weisen Mann, wie orientierungslos er all die Jahre war. Er war zu stark in seinem Hamsterrad gefangen. Ihm wurde bewusst, wie sehr er an Schuldgefühlen, Ängsten, Zweifeln und Befürchtungen litt. Ambrosius sagte ihm,dass so viele Menschen immer am Leiden und am Kämpfen sind. Doch könne er, Valentin, sein Leben viel bequemer leben als andere.Valentin lernte, völlig die Kontrolle über sein Leben zu bekommen. Obwohl seine täglichen Herausforderungen und Probleme nicht völlig verschwunden waren, verschwanden seine Ängste mit der

Zeit immer mehr. Valentin veränderte sein Leben nach dem Motto..

„Entscheide – oder es wird über dich entschieden"

Valentin besitzt jetzt die Fähigkeit selbst zu entscheiden, was wer will und wie er leben möchte. Was immer er sich auch wünschte, er konnte es haben. Er war darauf konzentriert, alle Anweisungen, die er von Ambrosius erhalten hatte in seinem Alltag umzusetzen. Er hielt sich sehr genau daran und wich nicht davon ab. Er machte alles wie von dem weisen Mann, so nannte er ihn inzwischen, angegeben wurde. Es stand ja alles in dem Buch, dass Ambrosius ihm damals überreichte. Und dieses Buch füllte er selbst mit seinem bisherigen und zukünftigen Leben.

Ein große Lehre, die er aus den Übungen mit Ambrosius erkannte, bestand darin, JETZT alles umzusetzen woran er glaubte.Valentins Freunde und Bekannte lobten ihn wegen seiner Disziplin. Er selbst sah es allerdings nicht als Disziplin an. Er hatte Spaß daran zu wissen, was er genau wollte, und das dann zu verfolgen. Ambrosius sagte ihm damals, dass es überhaupt nichts Mysteriöses gibt, seine Zukunft neu zu gestalten, wenn man erst einmal wusste, wie man es macht. Am Anfang käme es einem schon etwas seltsam vor, erklärte Ambrosius. Wenn man die Methoden nicht kennt, würde es schon geheimnisvoll wirken. Später, wenn man sie anwendet, wird es aber sehr einfach.

Valentin hatte auf seiner langen inneren Reise noch ab und zu Kontakt zum weisen Mann aufgenommen. Er fand es großartig seine innere Welt zu erforschen und zu ent-decken. Ambrosius war eine Art Lehrer für ihn geworden. In unserer digitalisierten Welt nennt man diese Leute Coach oder Trainer. Doch Ambrosius, das hast Du Leser sicher auch gefühlt, ist etwas anderes – Ein Zauberer der Möglichkeiten -

STATIONEN

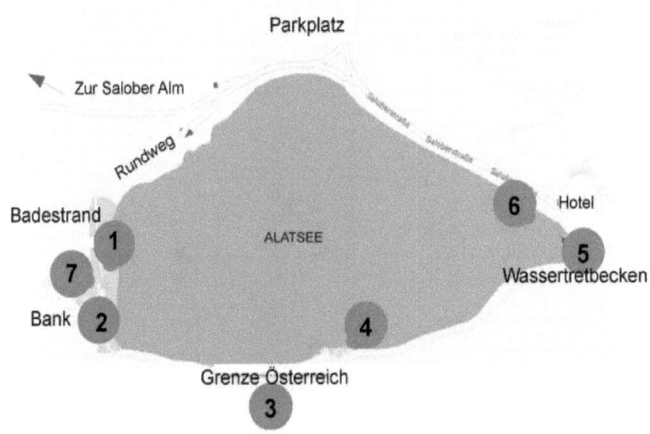

MERK-WÜRDIGES

....

....

....

....

....

....

....

....

....

....

....

....

Zufall?

Ich brauchte für die beiden Figuren in dieser Geschichte natürlich geeignete Namen. Ohne lange zu recherchieren fielen mir sofort die Namen Ambrosius und Valentin ein. Bei Ambrosius forschte ich schon mal nach und fand den Eintrag, dass er von 339 – 397 n Chr. lebte und Bischof von Mailand war. Sechs Monate, nachdem ich mein Manuskript fertig hatte, kam ich per „Zufall" auf diesen Hinweis über Ambrosius:

Bischof von Mailand, Kirchenvater; der Sohn des römischen Präfekten in Gallien ist einer der vier westlichen Kirchenlehrer und eine der bedeutendsten Persönlichkeiten der westlichen Kirche in den ersten Jahrhunderten. Von Kaiser **Valentinian** wurde er 373 zum Präfekten für Oberitalien ernannt, der seinen Sitz in Mailand, der damaligen Hauptstadt, hatte. Als 374 die Wahl eines neuen Bischofs anstand, wurde er spontan mit dem Ruf - angeblich dem eines Kindes - "Ambrosius episcopus!" ("Ambrosius soll Bischof werden") gewählt. 390 zwang Ambrosius den Kaiser des Ostens (ab 379), Theodosius I, der Große, der später das Christentum zur Staatsreligion erklärte und 391/392 alle heidnischen Kulte verbot, unter Androhung der Exkommunikation zur öffentlichen Reue für das Massaker von Thessaloniki, wobei es nicht um die Frage der Vormacht der staatlichen und kirchlichen Macht ging, sondern darum, ob der Kaiser über Sünden erhaben ist oder wie alle anderen auch dafür Buße tun muss (Der Kaiser ist in der Kirche, nicht über der Kirche). Er führte nach östlichem Vorbild den hymnischen Kirchengesang, den Ambrosianischen Gesang, in die Liturgie ein, der neben dem Gregorianischen Gesang eine der großen Choraltraditionen der lateinischen Kirche wurde. Außerdem wandte er die von Origenes in Alexandria entwickelte exegetische Methode der Allegorese (Interpretationsform) an, die dem Bibeltext eine dreifache Bedeutung gibt: den wörtlichen Sinn, den moralischen Sinn und den mystischen Sinn. Der Bienenkorb, mit dem er oft dargestellt wird, symbolisiert Fleiß und Gelehrsamkeit, Buch und Geißel weisen auf die erfolgreiche Bekämpfung des Arianismus hin.

Ambrosius und Valentin (Valentinian) sind sich also schon mal begegnet.

Ambrosius von Mailand

AUTOR

Jürgen Wolf war viele Jahre als Unternehmensberater in der Freizeitbranche tätig. Seit 1995 widmet er sich den Bereichen Persönlichkeitsentwicklung und Kommunikation zwischen den Zeilen. In seiner Arbeit verbindet er ganz unterschiedliche Wege aus der alternativen Psychotherapie und Spiritualität. Er hat es sich zur Aufgabe gemacht, Menschen zu unterstützen an ihre verborgenen Fähigkeiten zu gelangen um authentisch ihren Lebensweg gehen zu können.

www.ambrosius.website

JÜRGEN WOLF

HANDBUCH
FÜR KRAFTORTE

Möglichkeiten
Dir selbst zu begegnen

Kraftorte werden auf Grund ihrer speziellen Energie und Ausstrahlung von vielen Menschen besucht. Wenn man dort länger verweilt, besteht die Möglichkeit, mit vielen Übungen und Ritualen, ob für sich allein, mit dem Partner oder in der Gruppe (neu) zu begegnen.

Mit über 800 Kraftorten in Deutschland

ISBN 978-390-687-3848

JÜRGEN WOLF

WILLKOMMEN

IM ZAUBERWALD

Geschichten, Metaphern und
Lösungsansätze für die
Herausforderungen des Lebens

Geschichten, Metaphern und Fabeln sind faszinierend, abenteuerlich und lehrreich. Es gerät immer jemand in eine spannende Situation, die er auf irgendeine Art bewältigt und löst, oder in denen er versagt. Während der Leser die Geschichte liest, überprüft das Unterbewusstsein alle Informationen und Ähnlichkeiten mit eigenen Erfahrungen und geben ihnen einen individuellen Sinn. Ein besinnliches, heiteres und spannendes Buch zur Unterhaltung und Lösungsfindungen.

ISBN 978-390-724-6108

JÜRGEN WOLF

DAS KLEINE BUCH
DER FANTASIEREISEN

Magische Orte der
Inneren Wahrnehmungen

Hypnotische Fantasiereisen kann man nutzen, um zu entspannen, Ereignisse neu zu erleben, Situationen neu zu bewerten, Kraft zu tanken, sich selbst nahe zu sein. Sie können innerhalb des Erzählmusters, frei gestalten und haben die Möglichkeit gegebene Fähigkeiten und Potenziale für sich und Ihr Leben neu zu entdecken. Finden Sie neue Ziele für Ihr Leben um Probleme und Blockaden zu lösen. Ihr Unterbewusstsein wird ihnen dabei helfen, Schlüsse aus dem Erlebten zu ziehen.

ISBN 978-375-578-4395

JÜRGEN WOLF

WARUM VERSTEHST DU MICH NICHT?

Kommunikation
zwischen den Zeilen

Was tun... wenn Gesagtes missverstanden wird, wenn der eigentliche Gedanke vom anderen völlig falsch interpretiert und aufgenommen wird? Kennen Sie Situationen, in denen Sie am liebsten jemanden gegen das Schienbein treten würden, weil sie zwar mit ihn reden, der/die Gesprächspartner/in Ihre Bedürfnisse jedoch nicht versteht und Sie damit zur Weißglut bringt? Sich gut zu verstehen ist eine wunderbare Erfahrung, die aber nicht immer so einfach gelingt. Missverständnisse und Enttäuschungen führen im Lauf einer Beziehung, einer Freundschaft oder im Berufsleben leicht zu Streit oder Funkstille. Wichtig ist die Fähigkeit, diese Art der Kommunikation bei anderen zu erkennen, sowohl im privaten oder beruflichen Umfeld.

ISBN 978-390-724-6672